Barlovento
Relatos

Antonio Fernández Márquez

INSTITUTO DE ESTUDIOS CEUTÍES
CEUTA 2025

© EDITA: INSTITUTO DE ESTUDIOS CEUTÍES
Apartado de correos 593 • 51080 Ceuta
Tel.: + 34 - 956 51 0017
E-mail: iec@ieceuties.org
www.ieceuties.org

Comité editorial:
José Luis Ruiz García • Adolfo Hernández Lafuente
María José Fernández Maqueira • Guadalupe Romero Sánchez
María Jesús Fuentes García

Jefa de publicaciones:
María Teresa Cuesta Chaparro

Diseño y maquetación:
Enrique Gómez Barceló

Realización e impresión:
Papel de Aguas S. L. - Ceuta

ISBN: 978-84-18642-67-8
Depósito Legal: CE 9 - 2025

ÍNDICE

DEDICATORIA

A Manuel Alonso Alcalde, Francisco Lería, José María Arévalo, Manuel Rejano, Luis López Anglada, Juan Díaz Fernández, José García Cosio, Alejandro Sevilla Segovia, María Manuela Dolón, Flor Garrido, Sofía Ros, José Luis Barceló, Francisco Olivencia, Baeza Herrazti, Alex Ramírez ,hermanos León, Julio Ruíz, José Abad, Vicente Álvarez …y a todos aquellos que hicieron y hacen posible –poetas, escritores y artistas– que el noble arte en sus diferentes ramas sea una realidad del espíritu de Ceuta.

HISTORIA TRISTE DE UN BOHEMIO FELIZ

Rafael de Loma

Hoy quizá podría ser un premio Nobel, pero él prefirió la bohemia.

En su barrio, desde muy pequeñito, le han llamado siempre «El poeta», aunque sus amigos más íntimos se limitan a decirle «Poe». Nadie de entre los suyos alcanzaba a comprender el valor de sus escritos, auténticas imágenes plásticas, pero se enorgullecían de que Antonio hubiera nacido allí y de que su nombre saliera en los periódicos.

El primero en descubrir la valía literaria de Antonio Fernández Márquez fue el escritor vallisoletano Manolo Alonso Alcalde, destinado en Ceuta y colaborador de El Faro. Le alentó como nadie, le ayudó de todas las maneras posibles y le aconsejó como un padre. Pero para Antonio todo eso era música celestial. En su diccionario no existe la palabra constancia, tan necesaria para un escritor, ni en su forma de comportarse se incluye el oir consejo alguno de amigo o conocido. Lo intentó también Carlos Barral y lo intentaron otros escritores, pintores, artistas …pero él prefirió la bohemia. Lo intentó Emilio Romero, en su época gloriosa de Pueblo, pero él prefirió la bohemia.

Ahora, Antonio es un periodista que vive y trabaja en Ceuta, ciudad de la que nunca se fue, a pesar de haber viajado tanto y por tantos lugares. No cree haber fracasado; es un hombre conocido, popular incluso, y sus artículos aparecen con alguna que otra regularidad en prensa local. Se enorgullece de ser autodidacta. Aprendió, dice, en la playa, en las almadrabas, junto a los pescadores, y esos fueron sus temas preferidos a la hora de escribir; ahí nacieron sus mejores prosas poéticas; nadie como él ha descrito, con un lenguaje más fresco, directo y vivo, los problemas cotidianos de las gentes de la mar. Ha tenido y tiene todas las oportunidades para editar un libro, pero habiendo empezado varios ha sido incapaz de terminar uno solo.

Antonio es uno de los compañeros más sorprendentes que he tenido. Empezamos haciendo una página diaria –24 horas en la calle– de gran impacto entre los lectores, y realizamos infinidad de reportajes juntos. Nos complementábamos bien y, modestia aparte, nos salían cosas realmente aceptables, pero Antonio ha sido y sigue siendo un Guadiana.

Sus ausencias podían durar un día, tres días o una semana. Caía sin proponérselo, en su enfermedad favorita: el alcohol. Y podía aparecer por la Redacción «herido de muerte» sin que nadie se sorprendiera. En el fondo, todos sus amigos hemos esperado que algún día Antonio se convierta en alguien normal, y de hecho durante muchos periodos de tiempo Antonio ha sido, y es, me parece, un hombre normal, y ahí es donde habría que buscar el quebranto de ese escritorazo no cuajado. Con un traje y una corbata Antonio es un hombre elegante, pero vulgar; sin la corbata, al natural, Antonio se hace auténtico y, entonces, le brotan sus escritos y se convierte en un narrador de bellas, tristes, melancólicas historias de pescadores y de gentes humildes.

Una de sus ausencias, una vez, se prolongó excesivamente. Pasaron semanas y meses y Antonio no aparecía. Alguien nos dijo que andaba por Madrid, donde había sido visto en estado calamitoso.

Y un día estalló la bomba. En la página tres, la famosa Página Tres, del diario Pueblo, aparecía una carta firmada por Antonio Fernández Márquez y prologada por el director, Emilio Romero. La carta era una pieza literaria y había sido escrita en un papel grasiento de envolver churros. Antonio contaba en esa carta su vida, su presente y sus deseos de futuro. Había trabajado repartiendo caseras por la calle Ballesta, estaba enfermo y sin un duro; no podía aparecer por la pensión porque debía dinero y, en esas condiciones, pensó que su única posibilidad de sobrevivir y de dejar de dormir en los túneles del Metro o en los bancos del Retiro era lanzar un S.O.S periodístico; y ya puestos, lo más acertado era dirigir esa misiva al todopoderoso director de Pueblo, al periodista más importante del momento, al hombre que hizo famoso su gallito. Quizá, debió pensar Antonio, Emilio Romero se sentiría atraído por aquel escrito en el que contaba con bastante crudeza, cómo se crió en una playa sucia en la que, con otros niños, jugaba con unos globitos blancos que salían de las cañería sucias, y en que desmenuzaba sus penalidades hasta conseguir ver un escrito suyo en el periódico local. Tal y como pensó Antonio, Emilio

Romero se sintió subyugado ante aquel torrente de imágenes literarias que manaban de un papel manchado de aceite y recabó de los lectores la venia para dar una oportunidad a aquel ser desgraciado que andaba tirado por las calles de Madrid. Se produjo una respuesta unánime. Los lectores enviaron centenares de cartas y Emilio Romero ordenó localizar al bohemio escritor ceutí que poco después se presentó en su despacho hecho un auténtico desastre. Tras ser enviado a la ducha, a los grandes almacenes y al peluquero, Antonio, un hombre nuevo, volvió a presentarse en el despacho del director de Pueblo. Allí recibió dinero e instrucciones. Y salió hacia las costas de Levante donde habría de iniciar un serial sobre los puertos pesqueros españoles.

En la distancia, nosotros asistíamos fascinados al proceso de transformación de Antonio, contado día a día , por el popular diario madrileño de la tarde. Una noche me llamó por teléfono desde Almería; estaba exultante, su voz irradiaba alegría. Me dijo que estaba encantado de que en el hotel la gente le llamara don Antonio. Hasta el periódico local le había pedido una colaboración pagada, tal era la fama de que llegaba precedido por PUEBLO a las ciudades costeras que visitaba.

La euforia, la fama, le mantuvo al pie del cañón más tiempo del que nosotros preveíamos. Cuando se le agotaba el dinero llamaba por teléfono al director y le decía: don Emilio, estoy tieso. Y don Emilio ordenaba que le enviaran más dinero. Y escribía sus historias tiernas de gentes sencillas que tenían como horizonte, como único horizonte, el mar, o como él siempre decía, la mar.

Pero los envíos de sus crónicas eran menos frecuentes que los que le hacían a él, en dinero, desde la madrileña calle Huertas, de forma que apenas pisada la cima periodística, ya se acercaba peligrosamente al precipicio desde el que podía caerse para siempre. Todo era cuestión de que se acabará la paciencia de don Emilio.

Después de mariposear por los puertos del litoral oriental español, Antonio llegó a Ceuta en olor de multitud dispuesto a contar a los lectores de PUEBLO la vida de los pescadores ceutíes. Escribió un artículo, como no en El Faro y, para variar, pidió nuevamente dinero a su director de Madrid. Y estuvo unos días contándonos a todos cómo le iba en su nueva vida de estrella del periodismo, pero, con tanto ajetreo, se le olvidó algo importantísimo: el principal motivo que le había llevado a Ceuta, que era, sencillamente, escribir y enviar sus crónicas diarias a Madrid. Y claro, en Madrid se cansaron de esperar y decidieron no enviar más dinero, por lo que Antonio se vio en la necesidad, pasado un tiempo prudencial de bohemia y dolce vita, de llamar otra vez a Emilio Romero y jurarle por lo que más quería que se iba a reformar y que necesitaba una segunda oportunidad.

Aunque parezca mentira, Antonio tuvo otra oportunidad. Emilio Romero lo incorporó a la redacción de PUEBLO en Sevilla y allí desarrolló una nueva tarea como reportero, entrevistando a gente muy importante y relacionándose con lo mejor y lo peor de la capital andaluza. Un oscuro episodio con incendio de pensión incluido acabó con la segunda y última oportunidad de Antonio Fernández Márquez en PUEBLO. A todos sus amigos nos afectaban sus vicisitudes, sobre todo las faenas que hacía y por las que se veía obligado a volver al hambre y al sablazo, pero a él, lejos de preocuparle, aquello parecía divertirle. A fin de cuentas, dice, si no fuera como es, difícilmente hubiera conocido a personajes tan principales ni hubiera estado en sitios tan importantes.

Alfonso Guerra, que hizo el servicio militar en Ceuta se convirtió rápidamente en amigo de Antonio Fernández Márquez, con el que compartía tertulias sobre teatro, pero en ese tiempo Alfonso Guerra no era un personaje conocido. La correspondencia entre ellos alcanzó notoriedad recientemente con motivo de un reportaje escandaloso de la revista EPOCA en la que se hablaba de la primera novia del actual dirigente socialista, una chica de Ceuta también relacionada con el arte de Talía.

Cuando Antonio lea estas líneas, sonreirá con la cara iluminada y dirá a sus contertulios: ahora sí, ahora voy a terminar un libro, que ya está casi hecho, y que saldrá con el prólogo que me escribió Alonso Alcalde.

EL POETA MALDITO

Alejandro Ramirez

A Antonio Fernández Márquez le encantaba que sus compañeros le llamáramos «El poeta maldito» o, simplemente, «Poe», en recuerdo de Edgard Alan Poe, su admirado maestro de los cuentos de terror. Aunque guardaba un cierto parecido físico con Poe, yo siempre sostuve que su personalidad se acercaba más a la de Charles Bukowski, otro poeta maldito, rebelde, transgresor, que sentía especial atracción por lo marginal y lo prohibido y cuya pasión por la escritura era innegociable. Le servía como medicina para espantar sus demonios.

Como Bukowski, Márquez era capaz el mismo día de tocar el cielo y descender al infierno. Eso fue lo que hizo un verano, a principios de los años setenta, cuando en 24 horas tiró por la borda una prometedora carrera periodística en Pueblo, uno de los diarios más importantes de España en ese momento.

Con una estrategia que ahora sorprendería a los que buscan empleo a través de aplicaciones como Linkedin o Infojobs, Márquez se presentó en la puerta del director de Pueblo, Emilio Romero, y le entregó a su secretaria un artículo suyo sobre la costa ceutí. El mar, la almadraba, la Virgen del Carmen, la vida de los pescadores... siempre estaban presentes en sus artículos, nadie dominaba esa temática como él.

Emilio Romero no le hizo esperar mucho tiempo. Fue tan grande su entusiasmo por lo que leyó, que lo primero que le preguntó fue si era capaz de escribir más artículos como ese. Ante la evidente respuesta positiva de Márquez, le dijo que contaba con él para que ese verano se recorriera toda la costa española y demostrara su talento cada día en las páginas del diario. Romero ordenó que le dieran 25.000 pesetas para sus gastos, una máquina de escribir y los correspondientes billetes de tren para los desplazamientos.

Las puertas de la élite del periodismo se le abrían merecidamente a Márquez de par en par. En Pueblo, y con la bendición de Emilio Romero, la envidia de cualquier periodista.

Pero todo se torció nada más bajar de la sede del periódico. Estaba tan feliz que entró en el primer bar que se encontró para celebrarlo. Era tan generoso que invitó a todos los que estaban en el local. Se gastó el dinero en una juerga interminable. Cuando ya no le quedaba una peseta, vendió la máquina de escribir y los billetes de tren.

Remató el día en la pensión donde se alojaba quedándose dormido con un cigarro encendido. Provocó un incendio que a punto estuvo de costarle la vida. Ángel y demonio en cuestión de horas. Adiós al sueño de formar parte de la prestigiosa plantilla de Pueblo, de triunfar en la capital. Tocaba salir corriendo de Madrid, cambiar de aires. Demasiados incendios en un solo día.

Como Márquez siempre buscaba la redención en la escritura, al igual que todos los poetas malditos, volvió a reengancharse en El Faro de Ceuta, donde tuve la oportunidad de conocerle.

Me sorprendió que no tuviera ninguno de los tics que suelen acompañar a los periodistas veteranos: ese aire de superioridad, ese mirar por encima del hombro a los jóvenes que pisan por primera vez una redacción. Márquez no era de esos, era todo lo contrario. Siempre estaba dispuesto a ayudar, a echar una mano.

Descubrí que tenía un corazón tan grande como su talento periodístico, por eso me encantaba trabajar con él. Forjamos una amistad que nunca se quebró. Pasábamos muchas horas juntos, hablando siempre de nuestra pasión, el periodismo. Era nuestra vida, hasta tal punto que cuando acabábamos la jornada, bien entrada la noche, nos íbamos por ahí a hacer tiempo, a esperar que la rotativa imprimiera el periódico para ser los primeros en verlo. Maciste, un histórico de los talleres de El Faro, se reía al vernos aparecer por allí, decía que estábamos locos.

Aprendí mucho al lado de Márquez. Yo venía de pasar cinco años en la Facultad de Ciencias de la Información estudiando Periodismo y no me podía imaginar que las mejores lecciones prácticas las iba a recibir de él.

Una noche, cuando estábamos a punto de cerrar la edición, recibimos una llamada en la redacción sobre un tiroteo que se había producido en uno de los barrios más conflictivos de la ciudad. Salimos corriendo para ver lo que había sucedido.

Las piernas me temblaron cuando nos vimos rodeados por un grupo de personas que no tenían ningún interés en que dos periodistas estuvieran haciendo preguntas incómodas. Nos insultaron, nos amenazaron y yo temí que mi carrera periodística iba a ser muy breve, porque no tenía claro cómo íbamos a salir de allí.

Pero Márquez, con una facilidad pasmosa, fue calmando a los más exaltados y ganándose al resto. Sin cortarse sacó la libreta y el bolígrafo y empezó a interrogar a los testigos del tiroteo que no dudaron en contarle lo que pasó minutos antes.

«Gracias Poe», le dije. «Si no es por ti, de aquí no salimos». Sonrió y no le dio mayor importancia a lo sucedido. Sabía moverse con la misma soltura en una recepción del Ayuntamiento que en un incidente en los bajos fondos de la ciudad. Era respetado en todos los ambientes. Podía ser dandi y bohemio a la vez.

La segunda lección llegó un caluroso domingo de agosto posferia de Ceuta. La ciudad dormitaba en la playa. Ninguna noticia que mereciera la pena. Tiramos de todos los artículos que teníamos guardados en la «nevera» para ocasiones como esta, pero nos seguía faltando una página para poder cerrar.

Desesperado recurrí a Márquez: «¿Qué podemos hacer? No se me ocurre nada». Su respuesta fue: «Hinchar el perro».

Me senté a su lado para ver qué hacía, porque eso era totalmente desconocido para mí.

Me explicó que hinchar el perro era dar a una información de bajo perfil una proporción exagerada, adornándola con todo tipo de detalles. No es una práctica recomendable, pero en días festivos no quedaba otra.

Aluciné cómo era capaz de escribir dos folios a partir de una nota informativa de diez líneas. A lo largo de mi carrera no he visto a nadie hinchar el perro como él. Tenía soluciones para todo, escapaba de todas las trampas.

Además de en El Faro de Ceuta, donde es de justicia reconocer el apoyo que siempre encontró en su propietario, Rafael Montero Palacios, con Márquez compartí la gran experiencia periodística de mi vida, el lanzamiento de El Periódico de Ceuta, en 1989. Vivimos los mejores días de nuestra profesión, fue otra forma de hacer periodismo.

Allí se gestó el lanzamiento de la famosa tira de Pepe Caballa y la pavana, de Vicente Álvarez, que 35 años después sigue acudiendo a su cita con los lectores de El Faro.

Recuerdo el día que Márquez me presentó a Vicente Álvarez. Fue en los estudios de Teleceuta, en Real 90, donde trabajábamos con Diego Sastre en el proyecto de El Periódico. Vicente traía debajo del brazo una carpeta con ejemplos de la tira, que fue aterrizando. Pocos saben que la primera idea de cómo titularla la dio Márquez: «Las tribulaciones de Pepe Caballa». Pero a Vicente no le convenció y optó por el título que permanece desde hace tanto tiempo, con tanto éxito.

Márquez tenía claro que la incorporación de Vicente Álvarez al proyecto sería un éxito, y acertó. Yo, tras conocerlo, tampoco tuve dudas. Es un gran dibujante, pero es mejor persona todavía.

La última vez que vi a Márquez fue en Jerez de la Frontera. Se presentó en el periódico en que el yo trabajaba y me dijo que acababa de aterrizar de Madrid. «¿Qué has ido a hacer allí?», le pregunté. «Nada», fue su respuesta. «Estaba ayer sentado cerca del mar, vi un avión pasar y me entraron muchas ganas de volar. He cogido esta mañana un avión de Málaga a Madrid y al llegar al aeropuerto he sacado el billete de vuelta para Jerez, porque tenía ganas de verte. No me ha dado tiempo ni a salir de Barajas. Solo quería volar...». Así era Márquez.

Todavía tuvo tiempo de darme otra lección periodística antes de regresar a Ceuta. En los días que estuvo en Jerez descubrió una organización criminal que se dedicaba a la explotación sexual de mujeres. Una semana después de su descubrimiento la Guardia Civil la desmanteló.

Ese fino e inigualable olfato periodístico nunca le abandonó. Tuve al mejor maestro, a Poe, el poeta maldito.

Y AL SUR, LA ALMADRABA

Ricardo Lacasa Martos

Siendo muy joven, le conocí a través de sus artículos en 'El Faro' que yo devoraba con especial fidelidad y deleite, cada vez que aparecían. Aquella pluma marcaba diferencias con respecto a las de otros muchos colaboradores que, por aquella época, afloraban y enriquecían las páginas del diario decano. Sublime y amena, la de Márquez no era ni mejor ni peor. Simplemente singular. Tal y como era él, adentrándose por contenidos y vericuetos por los que no iban los demás. El mar, sí. Siempre el mar. Con sus pescadores y marineros, su lenguaje, historias, tragedias, barcos, alegrías, fantasías…

«Cualquier día os hablaré de Carola, la espiritista fea que se disfrazaba de sirena y enloquecía a los marineros desde la roca de las pavanas. Cualquier día os contaré la historia de la mariposa mística que se posaba en el arco iris del rompeolas. Cualquier día, cuando se me pase el sarampión de la juventud, consiga dominar la soledad y haya aprendido más palabras, me encerraré en una cabaña de mimbre en la playa del Alba –una que he descubierto– y escribiré algunos poemas y cuentos sobre todo lo que vi. Eso será cualquier día si no me muero antes».

Y se nos murió un día, dejándonos huérfanos de su radiante prosa poética y sin aquellos libros que nos aseguraba estar escribiendo pero que, en realidad, solo estaban en su desbordante imaginación y en su bohemia. La que todavía por entonces arrastraban algunos periodistas, desde los excesivos a los moderados. Aquella vieja bohemia que, como su propia persona, pasaron a mejor vida.

Antonio escribió un día unas cuartillas a mano y se presentó con ellas en el periódico.

– Esto tienes que traerlo mecanografiado, muchacho.

– ¡Pero si no tengo máquina y apenas soy capaz de manejarme
con ella!

– Déjalas ahí si quieres y ya veremos.

Cuando las leyó Vicente Amiguet, el director, de inmediato Márquez
ya estaba tecleando en una cualquiera de las longevas 'Olivetti' este y los
otros muchos otros artículos que, todos sin excepción, sucesivamente iban
viendo la luz en el diario decano.

Y cómo calarían sus escritos del periódico que, pronto, el joven An-
toñito, fue invitado a sentarse y a participar en las tertulias de 'El Faro',
'Menudencias', que en la redacción se organizaban por iniciativa de Juan
Diaz, otro gran escritor ceutí, codeándose así, entre otras, con las figuras de
la intelectualidad de la época, entre otras con Joaquín Amador, Mercedes
Llanzón, Manuel Ramírez, el célebre jurista y politólogo, el coronel More-
jón, consejero togado y autor de documentados artículos sobre el derecho
internacional; Carlos Posac y Manuel Gordillo, los recordados catedráticos
del Instituto e investigadores; Leopoldo Caballero o el destacado poeta,
escritor y autor dramático Manuel Alonso Alcalde, el que impulsó y se volcó
con la tarea literaria de nuestro hombre, promocionándolo incluso fuera
de Ceuta y luchando en todo momento por reconducirlo de los desmanes
que salpicaban su errante y desordenada bohemia.

Por aquel entonces y al alimón con Rafael de Loma, Márquez se
lanzó ya a su trayectoria puramente periodística con la sección '24 horas
en la calle', todo un alarde del gran periodismo callejero de la época,
hasta que en una de sus habituales desapariciones dejó en la cuneta a
su compañero.

Las mismas que igualmente nos dejaron en otro momento, huérfanos
de su célebre página, también en El Faro, 'Y al sur la Almadraba'. Para mí
su mejor producción y una ventana al paisaje de lo que fue aquel barrio cien
por cien marinero que perdimos, y con cuya lectura a algunos parecíamos
sumergirnos en sus peculiares olores, mezcolanza de salazón, maromas
húmedas, brea o pescado fresco. Cuántas bellas historias emanaron en
dicha sección. Pescadores, marineros, carpinteros de ribera, armadores,
barcos, infancias, vecinos o fantasías por doquier en forma de elegantes
relatos únicos.

Fernández Márquez pudo vivir dignamente de su pluma, cuando Emilio
Romero con la paciencia del santo Job, le abrió de par en par las páginas
de su prestigioso y desaparecido diario 'Pueblo' en dos ocasiones. Cuántos

la habrían querido. Pero Antonio, no solo las derrotó, sino que a partir de ahí inició su lenta pero irreversible caída hacia el vacío, como bien relata De Loma en el artículo que se recopila en esta publicación.

Le conocí personalmente tiempo después, cuando como corresponsal del desaparecido 'África Deportiva' tetuaní, se me presentaba tantas noches de domingos en 'Radio Ceuta' para pedirme algún dato, cuando no mi propia crónica del partido del Ceuta cada vez que, aseguraba, se le "había olvidado" ir al campo. Después me encargó que, en adelante, le cubriera las entrevistas post partido y después, también, la propia corresponsalía por unos días, hasta que un día desapareció, como el propio periódico tetuaní.

Inteligente, pero inconstante como pocos en su trabajo, eso lo llevaba en su ADN, volvió a 'El Faro' y luego al desaparecido 'El Periódico de Ceuta' donde creo que acabó su trayectoria periodística. Dipsómano impenitente, tras su último periplo como buen reportero no volvimos a vernos más.

«Los que van de proa al viento, que no te cuenten su vida, que te aburren. Lo difícil en la vida es buscar los vientos locos y dominarlos. Cuando se va barboleando, se navega con una esperanza entre las manos. (…) Y mira, cada vez que te hayas escapado de una galerna o se te haya puesto el mar boca arriba, el mundo sobre ti, habrás comulgado con Dios. Tú no seas tonto. Ponte la verga al hombro y vete a barlovento por la vida. Vete así y vete tranquilo. Te lo digo yo, que de esto entiendo un rato».

Quizá Antonio no supo navegar a barlovento en su existencia y su particular galerna y el mar boca arriba terminaron acabando con nuestro malogrado escritor, al que ahora nos lo ha hace resucitar con toda justicia mi amigo Vicente Álvarez con esta publicación recopilatoria de muchas de las historias que un día hicieron un grande entre los grandes a nuestro inolvidable Antonio Fernández Márquez.

GALERÍA DE PERSONAJES:
(A. F. MÁRQUEZ)

Carlos Salem

Pocos son los ceutíes que desconocen su andar elíptico por las calles de las que se enamoró una vez, hace ya tantas mareas.

Rescata bellas historias de cada piedra y si no hay historias, muchos dicen que se las inventa, que es otra manera de encontrarlas. Sus personajes no poseen apellidos de bronce, sino salinos nombres comunes. Y hay perros y muñecas, pescadores y gente.

Y el mar como una forma protectora de anonimato. En algún libro amarillo halló la fórmula para vivir viviendo, y desde entonces la ejercía con el descaro de una fe irredenta.

De cuando en cuando, el bohemio por vocación se zambulle en las turbulentas aguas del recuerdo, llega hasta el fondo y retorna con una perla de raro fulgor.

No siempre consigue regresar con la misma presteza, pero afortunadamente para quienes conocen los pliegues de sus prosas, hasta ahora ha regresado. Como los vientos.

Carta a Antonio Fernández

LA MANO DEL AMIGO EN MOMENTOS DIFÍCILES

Juan Díaz Fernández

Querido amigo:

Hay en la vida muchas ocasiones o pretextos para que dos personas olviden sus querellas o motivos de distanciamiento. Pero nada tan imperativo o propiciatorio como el hecho de que la muerte ande por medio: entonces, ante la verdad absoluta de que todo allí concluye, los orgullos y vanidades, la soberbia y el rencor, las ofensas y las ingratitudes, las quejas y enfados, se nos manifiestan en toda su ridícula pequeñez, en toda su impertinencia.

Eso es lo que pienso: que todo cuanto nos ha distanciado de un tiempo a esta parte, sólo es, al lado de que tu madre haya muerto, una insignificancia, una nada que no vale la pena ni siquiera de pensarse.

Tu madre murió y fue enterrada ayer. Yo no lo he sabido hasta hoy. Por eso no estuve a tu lado, como tantos otros, en las horas de pena que has vivido. Sólo por eso: porque no lo supe. Pues si lo hubiera sabido, ningún disgusto o frialdad me hubiera hecho no acudir a acompañarte como trato de hacer con estas mal pergueñadas líneas.

Recuerdo bien a tu madre, tan prudente y suave en sus gestos de mujer sencilla, andando por la casa que parecía que no pisaba el suelo, tan hecha al papel que le impuso su destino, tan generosa para darse, ingenuamente generosa… Recuerdo como me trató: que todo le parecía poco para ofrecérmelo, cuando fui una vez a tu casa, pues yo era tu amigo y para ella eso bastaba para que me considerase otro hijo más. Asi me lo dijo, que no se me ha olvidado. Y a pesar de los motivos de disgusto que hayan podido existir entre tú y yo, el recuerdo y la simpatía que yo conservaba de tu madre, eran ya suficientes para que, soterradamente, por debajo de todo, hubiera algo que continuase acercándonos y uniéndonos.

Creéme, Antonio, que lo he sentido de verdad. Si hubiera asistido yo a su entierro, no creas que por eso lo hubiera sentido más. Ella fue buena conmigo, sencillamente buena, y estas cosas no se olvidan así como así. Por eso quiero tener para ella un emocionado recuerdo. Te diría que también unas lágrimas, pero soy duro para llorar con lágrimas, pues cuando murió mi madre apenas si derramé tres o cuatro en el primer momento.

Sé cómo te estarás sintiendo. Y no voy a caer en la tentación de decirte palabras de consuelo, más o menos literarias o bonitas. No te servirían de nada: el dolor y el llanto callado y hondo son cosas que uno debe experimentar en estos trances de la vida, para pagar así el precio por la dicha de haber disfrutado antes de una madre. Y si mil veces tuviera uno que pagar lo mismo por volver a repetir el gozo, mil veces lo volveríamos a pagar aunque de tanto sufrir y llorar se nos consumiese el alma y se nos secasen los ojos.

Tu madre está ya en su paz: No seguirá viviendo más la preocupación por sus hijos, la nostalgia por aquellos que se le fueron tan lejos, la inquietud por su Antonio… Y se ha merecido la gloria, porque fué buena y le tocó además recibir muchos más sinsabores y amarguras que alegrías. ¡Que Dios se la haya concedido! Eso es lo que espero.

Nada más, Antonio, como siempre se dice, "te acompaño en el sentimiento". Pero no es una simple fórmula ritual, te acompaño de verdad en el recuerdo de la santa mujer que un día me preparó de merendar en su casa y me estuvo hablando con una voz humilde y cariñosa; te acompaño en tu añoranza de ella, y en el dolor por su ausencia.

Ahora ya estamos empatados, tu madre y la mía viviendo ya sólo en nuestros recuerdos, y podemos ofrecer una nueva oportunidad a nuestra vieja amistad: la de seguir viviendo con lealtad y comprensión. ¿Hace?...

Pues recibe mi fuerte abrazo.

Juan Díaz Fernández

EL PESCADOR DE PALABRAS

Francisco de Luis Jiménez (Chiki)

Nunca fue un filibustero
de las palabras baratas,
un eterno marinero
y un conocido pirata…
Su mente era su barca.
Sus manos eran sus remos.
Tres veces engañó a la Parca
citándola en su terreno.
Con la furia en la garganta,
dormitando en su descaro,
a las teclas les arranca
un artículo en El Faro.
Antonio, el de la Almadraba,
el que escribía retratos;
el que esculpía las almas
con poemas descuidados.
El pescador de palabras,
el artista indiscreto,
el hombre de la mar salada
que en la mar sigue escribiendo.

VERSOS PARA LEER Y OLVIDAR
Antonio Fernández Márquez, Q.E.P.D

El Vate (José Ferrero)

Criado en el rebalaje
de la playa La Almadraba
de niño solo jugaba
con anzuelos y cordajes.
Cuando se volvió muchacho,
recostado en la escotilla
de un falucho singular
en los isleros del Hacho
escribía sus cuartillas
con tinta de calamar.
Deseoso de aventuras
voló a tierras lejanas
más su vuelo de pavana
no soportó las alturas,
volviendo a casa maltrecho
mas con la misma inocencia
con que cruzó el Estrecho
en busca de independencia.
Se llevará una sorpresa
cuando al entrar en el cielo
vea, para su consuelo,
que Silva le ha puesto la mesa.

Barlovento
Relatos

A MANERA DE PRÓLOGO

Manuel Alonso Alcalde

Entre los varios prólogos que me he visto obligado a redactar a lo largo de mi vida, probablemente sea este el que viene a mi pluma con alegría de verdadero borbotón, porque, en cierta manera, Antonio Fernández Márquez (quien durante mi estancia, mi larga estancia en Ceuta, llegó a considerarme una especie de agnado suyo, brotado en no sé qué rama de qué loco árbol de parentesco literario, hasta el punto de que me llamara su «tio», y yo hacía honor y me honraba del título) era, ha sido, es, uno de los escritores de fibra más auténtica entre los infinitos que he leído y tratado. Por eso me satisface que sea esta la primera vez que escribo un prólogo sin haber tenido ocasión todavía de conocer el texto al que ha de ser unido. ¿Qué por qué? Muy sencillo, porque esta circunstancia me obliga, no a referirme, detalle por detalle, a los relatos contenidos en el volumen, sino a algo de cota más elevada, hablar del padre de la criatura, de ese gran escritor, que ni siquiera sabe que lo es, autor de «Barlovento».

Conocí a Antonio cuando este acababa, o casi, de salir de la adolescencia. Era un muchacho delgalichado y abstraído, pero paradójicamente, con la mirada siempre alerta, como dispuesta –así los pájaros– a captar el improvisto vuelo de una observación cualquiera y lanzarse sobre ella para, para tomarla con su pico, llevarla a su nido interior y alimentar a la cría de poema, de artículo periodístico, de relato en preparación que allí crecía y se esponjaba. Le dije, se lo diagnostiqué en seguida: Tienes madera de escritor, pero de los de fuera de serie, de los «maillot amarillo». Y no me equivocaba, como verá el lector, en cuanto se adentre en las páginas que vienen a continuación. Porque la prosa de Antonio, y no es frecuente que esto ocurra, en lugar de perder jugo con el paso del tiempo, ha ido ganando en madurez. Y esto lo sé porque aparte de las cartas que escribe de cuando en cuando a su «tio Manolo», también he tenido ocasión de leer, en todos estos años, algún que otro cuento o artículo suyo, cada vez más denso, más enjundioso, pero sin perder nunca aquella primera lozanía, como de surtidor en acto de servicio, que caracterizara sus primeros escritos.

Sí, sí, porque lo que define a Fernández Márquez como escritor, es precisamente su espontaneidad, su originalidad, cargada de bulliciosa inspiración, rutilante de imágenes, metáforas y tropos –conceptos cuyo significado, por suerte para él, desconocía en aquellos lejanos tiempos y es probable que siga ignorando– que sonaban, que suenan, en el discurrir de su prosa, como el agua de un riachuelo al acariciar, a su paso, los purísimos cantos rodados que se cruzan en su camino. Una magia literaria que, feliz él, no se ha visto jamás entorpecida por la inevitable carga libresca que llevan consigo las no menos inevitables lecturas.

Me honro; así, ME HONRO en prologar este libro que debió haber nacido muchos años antes –aunque nunca es tarde, si la dicha es buena, como sucede en este caso–, donde, van a poder conocer los lectores a un prosista de verdad, de los que caen pocos en libra, y que –estoy seguro– constituirá un orgullo para su pueblo, nuestra «perla del Mediterráneo», como lo es ya para su «tío» de adopción

Días después de esto, fallecía en Madrid este general de la flor y la pluma, poeta hasta los tuétanos y que cantó a Ceuta como nadie.

ALGO DE MÍ

Sucede que muchos amigos me preguntan el porqué no escribo a veces con más asiduidad. Algunos piensan que estoy desperdiciando el tiempo miserablemente, que no hago apenas nada, tan solo escribir tres o cuatros artículos a la semana. Otros opinan que estoy acabado. Sin embargo, me siento desbordante de vigor y vitalidad intelectual, sudo literatura por todos los poros de mi cuerpo y espero mucho de mí.

Tengo amigos que van en coche y otros a pie. Amigos con cuentas corrientes y otros que ponen ladrillos. Amigos que amasan el pan de cada día. Amigos que trabajan en cómodas oficinas, entre papeles y rutinas de oficio –actores en el escenario de la vida funcionaria–, y amigos que se echan al mar cada atardecer con una esperanza entre las manos. Y todos me preguntan lo mismo: que cuando me voy a tomar la vida en serio. Y empiezan que si patatín, que si patatán, que los años no pasan en balde, que me case, en fín… Y al final terminan invitándome a una copa y yo les digo que no me den consejos, que yo me sé equivocar solo.

Mientras, me digo que no tengo más remedio que continuar en apariencia desperdiciando el tiempo maravillosamente y ver cómo discurre la vida en torno mío, sin que me arrastre con ella como la resaca de una ola en retirada. A todos ellos me gustaría decirles como Galígula, por boca de Camus: «Este mundo, tal como está hecho, es insoportable. Por eso tengo necesidad de la luna o de la dicha, de la inmortalidad, de algo que sea demente quizá, pero que no sea de este mundo».Desde que Freud descorrió las cortinas del subconsciente humano muchos pseudo analistas se atreven a señalar a la ligera a gentes, en los que anidan una cósmica ternura, como fracasos humanos. Ahora se habla mucho de análisis y de sueños. Yo soy un pastor de sueños. A veces soñaba con habitaciones llenas de palabras y otras que iba por el campo recogiendo palabras abrazadas, como un campesino el trigo. Y era porque dominar las palabras me preocupaba antes. Porque eso de dominar la estructura de las frases no significa que el que posee el secreto sepa contar cosas. A mí dejó de preocuparme un día en que me di cuenta de que las palabras más puras, nobles y sencillas circulaban en la Biblia y en la boca del pueblo llano. Y que lo mismo que se puede hablar a la ligera, tampoco se puede escribir del mismo modo, aunque se domine muy bien el idioma y la sintaxis. Pero como dijo el poeta:

> Si sueñas y los sueños no te hacen ser esclavo;
> Si piensas y rechazas lo que piensas en vano.

Si no sintiese este deseo en mí de escribir sería un hombre totalmente a la deriva, zozobrado siempre, entre escollos y *bajíos*. He tratado de hacer otras cosas, de aprender otros oficios, pero siempre he terminado mandándolo todo al diablo. El escritor debe dedicarse íntegramente a escribir, con todas las consecuencias, aunque deba renunciar por ello a muchos placeres que le pueda ofrecer una buena profesión.

La verdad es que no sé si llegaré, pero ya me siento algo satisfecho al notar que este deseo en mí no me es inútil, pues ello me hace sentir una humanísima ternura por los hombres y por las cosas y cada día que pasa se va enriqueciendo mi pobre vida interior.

BARLOVENTO

Me gustaría hablarles de Carola, la espiritista fea que se disfrazaba de sirena y enloquecía a los marineros desde la roca de las pavanas. También sobre la mariposa mística que se posaba en el arcoíris del rompeolas. O de aquella extraña criatura –mitad pez, mitad lobo– que apareció una noche por las aguas del canto y que tras arrebatarle con sus velludas manos al tío Frasquito la pipa de su boca se zambulló en la mar de nuevo, aullando de una forma que de tan solo pensarlo se le pone a uno los cabellos de punta. El tío Frasquito, junto con el Antoñico, su ayudante, se encontraban en aquellas aguas pescando besugos. Y entonces, el tío Frasquito, al suceder aquello, se quedó mudo para siempre. Y su joven ayudante, el Antoñico, se le puso el pelo y las cejas tan blancas como una punta de bonitos tendida en la marea. Igualmente de aquella botella de barro envuelta de sargasos que escupió un día la levantera a la playa con un mensaje dentro que decía así una vez traducido el escrito en el Centro Gallego de Ceuta «Soy un galleguiño» que llevo aquí algunos años guardando la llegada de Cristobal Colón ¡qué carajo!

Ahora, que, lo más raro, chocante y extravagante todavía que podía contarles es lo de aquella cosa que izaron a bordo de su trasmallo los hermanos Josico y Mané y que, ya en tierra y sometido a estudios por entendidos en la materia, el extraño aparato resultó ser un consolador de exageradas proporciones. Nadie se explica cómo fue a parar aquella monstruosidad aquel verano en las tranquilas aguas de la Bahía Sur.Y menos aún a recalar en manos de Paco el Tiembla, quien, además de las ricas coquinas, sardinas asadas y peces voladores secos que servía de aperitivos en su chiringuito de el Chorrillo, con delicados esmeros y aquellos modales, durante la estación del estío, al mismo borde del mar, donde en su orilla retozaban los niños con ramalazos de sol sobre sus frentes, vio aumentada en gran proporción su clientela al exponer el enorme cipote artificial en una urna de cristal, como si de la sagrada reliquia de un santo varón se tratase. Poco antes de morir le escuché decir a Paco el Tiembla –que andaba ya en los puros huesos y tenía el coco comido por la polilla de la idiotez–: «Me han hecho por él tentadoras ofertas, incluso gentes de mucho postín y personas del extranjero, pero este chicote se va conmigo a la tumba o lo devuelvo a la mar otra vez». Y unos dijeron que lo enterraron con aquel extraño artefacto y otros, que días antes de morir, Paco el Tiembla tuvo un acto de contricción y lo destruyó.

Sí, me gustaría referirles una de estas cosas. Pero ahora, permitídmelo, os voy a contar lo que me ocurrió las otras noches. Verán:

Estaba yo acostado y no tenía sueño. Entonces salto del lecho y me voy a la calle. Me lancé en medio de la noche sin rumbo fijo, pero, cuando me di cuenta, me hallaba en la barriada de pescadores de la Almadraba. Y allí me encontré con el Independiente. El Independiente es un viejo pescador que lleva tatuada una rosa de los vientos sobre el corazón. El Independiente estudió náutica, según dicen, pero no quiso mandar barcos porque ningún armador lo contrataba para navegar por la misma derrota que Ulises. Bueno, primero tengo que decir cómo me encontré con el Independiente. Y luego contaré lo que me aconsejó.

Así que salté de la cama y estuve en la calle, me puse a contar, para distraerme, algunas de las cosas que me iba topando por el camino. Voy a decir con lo que me iba tropezando.

Primero me dí con la luna, que estaba velada por una nube negra y parecía el ojo de un pirata. Luego, observé una puerta muy grande tachonada con grandes clavos donde incrustada una imagen del Sagrado Corazón de Jesús esmaltada en chapa con una leyenda que decía: «Detente enemigo que el Corazón de Jesús está conmigo». Más tarde hallé un perro muy flaco que estaba bebiendo en un charco de lluvia donde se reflejaba la pálida luz de una bombilla, y parecía que el perro se estaba bebiendo la poca luz de la bombilla; a continuación a un pescador borracho que iba cantando una copla que decía "el mundo quiere enterarse por qué ando siempre bebío y yo le digo a la gente que pa buscar el orvío".

Detrás de esto me dio una bocanada de aire que olía a brea y a mojama, a marea baja; y luego miré a lo alto y vi una racha de viento que, como una enorme hoz rasgó el cielo en forma de siete y apareció, de pronto, la Osa Mayor, con su estrella piloto, la Polar. Y cuando me dí cuénta, me hallaba en la barriada de pescadores de la Almadraba. Entonces recordé de aquellos felices y esplendorosos días en que la Almadraba era como un gran concierto y la mar tenía como un cantar de alegres lavanderas. Era por los veranos. Las traíñas se hacían a la mar a la captura de la melva y los bonitos, y siempre volvían a puerto con un alegre revoloteo de gaviotas sobre el palo mayor, como señal inequívoca de que la pesquera había sido fructífera. Y también me *recordaba del invierno*, cuando la lluvia se suicidaba en los tejados de chapas de nuestras barracas, la mar se metía como serpientes en nuestras casas y los niños, ajenos a la tragedia, corríamos tras las gaviotas mojadas del invierno que andaban chaladas por las playas. Y allí parado, sobre el muro de la carretera que conducía a la frontera de el Tarajal, límite del territorio español con Marruecos, desde aquel viejo muro que daba a mi niñez, a las viejas traíñas varadas para siempre, ante el astillero cerrado a cal y canto, con todas sus cuadernas y sus entrañas carcomidas y sus enarboladuras en tierra, me di cuenta de que no había merecido la pena el regreso; porque los jóvenes del lugar que habíamos abandonado la Almadraba no teníamos vocaciones de soledad en mar abierto, ni romanticismo, ni deseos de aventuras ni pollas en vinagre. Que acudíamos a la mar porque era lo que nos habían enseñado, pero que a la menor oportunidad que se nos presentase, la abandonaríamos; aunque luego, quizás en lo alto de un andamio de una gran ciudad, o cavando en las entrañas de la tierra para sacar carbón –como yo mismo en Bélgica– la añorásemos con una nostalgia infinita. Y aunque veía yo aquella noche la Almadraba solitaria y fría, aún así y todo, me parecía escuchar el eco de la azuela sacando rizos a los tablones y el susurro de la garlopa deslizándose por las amuras. Y me veía a bordo de aquella traíña que allí, al fondo de la mar, junto a Cabo Negro, guiñaba con las luces de su bote en un tenue cabeceo, a bordo, en la bodega, rodeado de doce o quince hombres, mientras esperábamos que se angüase el pescado y recibir la orden de calar, leyéndole novelas del Oeste a los tripulantes, quienes atentos y agolpados en torno mío seguían las incidencias del relato con inusitado interés, pues la mayoría no sabían leer. Y yo había aprendido de puro milagro, en la escuela de doña Leonor, que no tenía el título de maestra, pero que enseñaba muy bien, y donde había estado tres años y había que llevar el real diario y el banquito para sentarse. Y al niño que no podía aportar el real le acariciaba la cabeza y lo perdonaba. Doña Leonor reunía a sus pequeños discípulos como una clueca a su alrededor y sentada en una mecedora de mimbre que *gruñaba* como agradecida al sentirse poseída, tan vieja como ella misma, nos daba sus clases y nos leía cuentos. Y el alumno que más pronto aprendía a deletrear la lección lo obsequiaba con una rebanada de pan blanco untado con leche condesada. Quizás por eso yo aprendí a leer, por puro egoísmo de mi estómago. Y entonces, cuando yo le leía a aquellos pescadores las novelas de forajidos y de buenos de La fuente Estefanía o de Fidel Prado o del "Coyote", con sus muchachitos justicieros que siempre acababan con los malos y triunfaba el imperio de la ley, y les veía felices siguiendo la narración e incluso adivinando en sus ojos al pasar una página, sentirse protagonistas, desafiando a sus explotadores y haciéndoles morder el polvo, me *recordaba de* cuando al escuchar por boca de Doña Leonor algún cuento de príncipe y yo me sentía príncipe, aunque asistiera descalzo al colegio de la Almadraba, un niño persiguiendo gaviotas y una mujer de luto andan siempre por tus playas.

Pero, todas estas cosas también las contaré otro día.

De forma que seguiré con el Independiente.

Cuando me encontré con el Independiente, este se hallaba sentado en una estera de palma, dentro de su chabola acorazada de chapas mohosas, a la luz vacilante de un quinqué, con la puerta de su humilde morada abierta de par en par.

Tenía la cabeza entre sus manos. Y yo me dije cuando lo vi de aquella forma: ¿Qué tendrá este hombre en la cabeza? ¿Tendrá al mundo? ¿Estará alimentando una ilusión que se le va a pique?. Entonces voy y le digo: ¿Se puede? Y va él y me contesta sin mirar hacia mi: Está usted en su casa. Y yo voy y entro en mi casa. Después él me mira y yo lo miro. Y sin decirnos nada nos decimos mucho. Luego el Independiente se quita la cabeza de entre sus manos, se levanta y se dirige a apartar el café de pucherete. Y cuando el Independiente, con una colilla en su oreja que parece una chicharra está ante el infernillo apartando la humeante cafetera, yo no sé por qué me recuerda a Hemingway. Todo el mundo que entra en la casa del Independiente es como si tomara posesión de su casa, porque es muy tratable y todo lo que tiene se lo ofrece a todo el mundo de seguida.

Voy a decir algunos de los bienes que tiene el Independiente : Una vieja barca remendada que gruñe como un oso, una vela latina roja que los lametones del sol la han convertido en un rosa pálido y que cuando se infla parece el embarazo de una princesa, un gorrión suelto por su casa y que cuando entra algún visitante se le sube al hombro y empieza a picotearle la oreja; un uniforme de segundo de a bordo dentro de un viejo arcón con bolitas de alcanfor para que cuando se muera lo entierren con él; un catre con un jergón de paja y una manta republicana, familiares como si no los tuviera, una soledad muy suya; dos palangres, una maceta de hierbabuena y otra de albahaca; una marmita de barro y una cuchara de palo; un traje de Mahón de un azul perdido; un cabo de cincuenta brazas; una muda muy zurzida, tres potalas y un pequeño ancla con una uña rota, un manojito de versos de un poeta que murió en el exilio; dos jarros de porcelana desconchados; un jilguero que compró a un malasangre que lo quería dejar ciego con un alfilerito para que cantase más y coger agostones en sus trampas; una tortuga que nunca sabe donde anda y que cuando menos se lo espera aparece por algún lado y una Biblia muy manoseada.

—Mira hijo— me dice mientras tomamos café y nos liamos dos cigarros de fuerte tabaco negro de su vieja petaca. Si te embarcas alguna vez, si piensas continuar navegando por el mundo, has de saber muchas cosas. Por ejemplo: debes saber que la estrella Polar es el ojo del cielo. Y cuando te coja el coco del marino, que es la niebla, tienes que saber cual es Sirius, Deneb, AlderAbán, Enif o Spica, que son las estrella que más brillan. La columna vertebral del barco es el timón. Tú eres joven y tienes que aprender a flamear. Si alguna vez la mar está chicha y no se te preña la vela, tú, abanicas la verga y seguirás tu ruta. Y, sobre todo, debes saber dominar los vientos. ¿Tú sabes barloventear? Pues esto es lo más importante. Al orto del sol, las nimbus, que son las nubes malas, se congregan y te anuncian la tormenta. Entonces es cuando tendrás que barloventear.

Barloventear es muy necesario en la vida. Cuando sople el fuerte viento y la mar se ponga que se lame las entrañas tendrás que barloventear a tope. La mar es muy dura y muy blanda, como una querida, como la vida misma. Primero te encuentras con la mar plisada, después la brisa levanta con su uña el pellejo del agua, luego el viento racheado, vienen tras este los vientos locos, detrás la borrasca y, por último la galerna. La galerna pone a la mar boca arriba y después la deja que parece que no ha roto un plato en su vida. Pero si tú sabes barloventear, la singladura de tu vida estará llena de interés. En la vida se puede ser como un mástil. Y el palo mayor de un barco se compone de tres fases: El macho, el mastelero y el mastelerillo: ¿A ti qué te gustaría ser, di? Pues yo te aconsejaría que fueras obenque. Los obenques son los palos que fijan el palo mayor, sin los obenques el palo mayor no estaría tan firme y tan seguro. Mira, hijo, tú sé obenque. Si eres obenque no se notará tu labor, pero cuando te rompas te echarán de menos. Fíjate en los que navegan con sotavento. Fíjate bien como navegan. Los que navegan proa al viento lo llevan todo muy fácil, pero no tienen nada que contar. Se sienten a gusto porque les da el viento por el culo, por la popa; pero están vacios como centollos cogidos en luna llena. Lo difícil en la vida es navegar con una esperanza entre las manos y cuando se va barloventeando se navega así: Ya sabes, el viento queriendo deshacerte con su aliento seco y su rictus amargo, en tu contra, impidiéndote llegar a alguna parte que tú no sabes donde. Y tú, con el timón entre las manos, jugando y valiéndote de él, hasta conseguir llegar a buen puerto. Si navegas así por la mar, por la vida, por el mundo, vete barloventeando. Y entonces, serás más valiente que Barceló por la mar.

FINAL

UN DURO Y BONIATOS

Me encontré un duro. Parecía mentira. Estaba lleno de barro y las miles de personas que pasaron por encima de él no se dieron cuenta. Tuve que llegar yo y cogerlo. Era para mí, estaba previsto. Esto es un duro, me dije. Y era un duro. Las gentes que pasaron por allí pisaban seguras y tuvo que llegar uno con pisadas indecisas. Esa moneda de a cinco pesetas no la hubiese visto quien no caminase como yo. ¿A quién se le habría caído? Desde luego que a un pobre no. Cuando me metí la moneda en el bolsillo estuve acariciándola largamente y la seguridad volvió a mí. Algunas personas no le dan importancia a un duro. Un duro lo dejan muchas gentes en el bote de cualquier cafetería o lo olvidan en un rincón del bolsillo. Y, sin embargo, otras personas se sentirían felices con un duro. Yo por ejemplo. Iba diciéndome mientras deambulaba sin meta fija: si al menos tuviese un duro. Y mira por dónde miro y me digo: eso me parece que es un duro. Y me agacho. Y lo cojo. Y lo limpio. Y era un duro. El duro hizo que me orientase. Caminaba por la calle del General Ricardos. Había cruzado el Puente de Toledo y no me había dado cuenta. Estaba ya casi en Carabanchel Bajo.

¿Qué por qué habíame alejado tanto del centro de la capital? Porque era Navidad, porque no tenía un duro en el bolsillo y porque el bullicio del día inflado de sol me atolondraba. Ya tengo un duro, me dije. Ya no seré un intruso entre los que van por el centro. Ya no seré un hombre muerto. Porque un hombre sin un duro es un hombre muerto. Y me enjuagué la cara en una fuente y me peiné. Y con mi duro en el bolsillo me fui hacia la Puerta del Sol. Estaba tan contento, que no sabía en qué gastarlo. ¿Entraría en una cafetería a ver la televisión hasta el final del cierre, dándole coba a un café con leche, y hasta con un poco de suerte podría entablar conversación y todo? Porque llevaba unos días como atontado. Estuvo a punto de atropellarme un coche y el taxista me gritó metiéndome la boca en el oído "¡atontaoooo!" Y al preguntarle después a un hombre en qué año estábamos, se me quedó mirando con una mirada que decía: "pobre tonto". Es que, de pronto, yo no estaba seguro si estaba en el año mil novecientos sesenta y cuatro o mil novecientos sesenta y tres. Desde que estaba por ahí deambulando pasaron los días por mí como una bandada de pájaros. Y como aun en Madrid no tenía amistades… A veces iba preguntando la hora de tramo en tramo de la acera para escucharme la voz. Y es porque muchas veces me he encontrado en la mar o en el campo solo y me he encontrado tan a gusto. Pero me daba miedo allí –entre dos millones y pico de habitantes– aquella soledad. Y además, no lo he dicho, la Navidad también estaba. Y aunque muchas veces me alargaba hasta la estación a esperar y verlos partir a los trenes del sur, con la idea de encontrar una cara conocida, nunca se puedo llevar mi corazón esa alegría.

De súbito, me dije: ¿Y si tuviese un duro más? Podría ir a comer uno de esos cubiertos de a nueves pesetas a casa de la Zamorana de la calle del Tribulete. Y deseé tener un duro más. Después pensé que era un egoísta. Me encuentro un duro, y en vez de agradecerlo, me lamentaba de no tener otro más. Más tarde pensé, una berenjena de Almagro con vinagre y picante para darle calorías al cuerpo y una barrita de pan y hasta unos cigarrillos negros para cuando me aplastara la noche. Eso es lo que haría con el duro.

Y me dirigía hacia el Madrid castizo y cuentista en busca de eso cuando en la plaza de Tirso de Molina vi a una castañera que también vendía boniatos asados. Me paré ante el tenderete, porque el olor de los boniatos me atraía. Pregunté el precio de uno y me pareció muy caro. Dos con cincuenta la pieza. Los boniatos me encantan. Allá, en la Almadraba, durante las tardes melancólicas de invierno, un dulce olor a boniatos cocidos que al mezclarse con la bruma del mar herido por el Levante hace más apetecible la cruel estación. Allí los boniatos hacen más llevaderos los días y apuntalan a las gentes para que se mantengan en pie. Sobre todo los días de levantera. Cuando los barcos gruñen amarrados al puerto y los pescadores están varados y aburridos, con un mar de fondo en los pechos. Los boniatos con pan llenan mucho. Una vez la familia de los "Lobitos" no tenía para comprar boniatos y era Navidad. De forma que se encerraron por dentro y arrojaron la llave por una ventana a la mar. A los cuatro días, algunos se alarmaron. Y llegaron las damas de la caridad y las Hijas de María y los de San Vicente Paul y les dijeron.

— Que es Navidad, hombre de Dios, y son días de paz y de esperanza. Abra usted; por los niños.

Pero el marido gritaba:

— ¡No me vengan con cuentos! ¡Dejadnos al menos que muramos tranquilos!

Pero le convencieron. A mí, cuando me mandaba mi madre a la tienda a comprar, me decía: «Niño, toma la talega, y vete por eso». Y yo tomaba la talega y me lanzaba a casa del gallego por los boniatos. Olían los boniatos a bosque dormido después de una lluvia fina. En casi todas las casas correspondía el avío de los boniatos a las viejas. Mi abuela los restregaba con estropajo para quitarles la tierra adherida y tras enjuagarlos dos o tres veces los metía en la olla grande cubriéndolos con un papel de estraza para evitar que el vapor huyera y se perdiera el aroma. También le ponía su clavo, migajita de canela y de matalauva. Mientras se cocían los boniatos, los niños se entretenían ensayando coplas de Navidad.

Marinerito, boga, por Dios
que se va a pique la embarcación.

Marineritos, bogad, bogad
que alcanzaremos la libertad

Todos los marineritos
tienen la cara morena
y los ojitos caíos
del dolor y de la pena

Marinerito…

– Mire usted, señora, Si me rebaja una peseta me llevo ese boniato –le dije a la castañera– Es por recuerdo de familia. ¿Sabe?

Me miró dudosa y, envolviéndolo en un papel de periódico que ponía la foto del Papa, me dijo que por lo avanzado de la hora porque podía llover, a pesar del día tan bonito que había hecho. Y que no le tomara el pelo. Y que más abajo había una tahona donde vendía un pan muy cucurruíto. Y que con el pan y el boniato ya podía navegar mejor por Madrid. Y qué felices navidades.

MI AMIGO EL CIPRESINO SE COMPRÓ UN TRAJE DE PRIMAVERA

Yo tenía un amigo que era un rollo. Un hombre de esos que le llaman «cipresinos», es decir, de los que marchan por el mundo con sicología de ciprés. ¡A mí me daba lástima cuando lo veía! Había veces en que lo veía y le hacía un cerco, igual que la luna. Porque se daba el caso, querido señor, de que este amigo, amigo a quien me estoy refiriendo era un verdadero rollo. Veía la vida sombría, como si siempre llevase encima del caballete de la nariz, unas gafas de color triste. Y hasta llevaba, en vez de una revista de humor debajo del brazo, un librote de Kant que no se lo saltaba un galgo. Y, además, no le gustaba el fútbol ni nada. Y de cine que no le hablaran. En fin, una verdadera pena caminante.

Y el caso es que yo no me había dado cuenta, a pesar de que presumo de «pesquis», de la causa, raíz, origen, antecedente, precedente, solera, ascendencia, etc., del carácter de mi amigo, hasta que ayer me lo encontré vestido con un traje juvenil, calcetines de fantasía y camisa con cuello italiano. Un figurín, vamos. Como que mi amigo que anda por la cuarentena, se había quitado de golpe quince años de encima. Y entonces, precisamente entonces, cuando se acercó a mí con los brazos abiertos y una sonrisa luminosa, contándome un chiste y hablando de lo bonitas que están las chicas con la primavera, me di cuenta de que la causa, raíz, origen etc. de que mi amigo fuese como había sido hasta entonces, radicaba en su vestimenta.

Porque antes del suceso al que me estoy refiriendo, mi amigo iba siempre vestido de oscuro, y aunque el hábito no hace al monje, era sin duda por esto por lo que su espíritu también se revestía de una melancólica seriedad. Hasta el extremo de preguntarme un día de niebla, que me lo encontré vagando por ahí con Kant bajo el brazo, si en realidad él existía. Y verdaderamente creo que no, puesto que lo que existía era un traje de color oscuro y una angustia en el pecho, así que me lo llevé a «Casa Macario», donde por ochenta céntimos se larga uno cada golpe que tiembla el misterio, y lo puse morado de vino, a pesar de que mi amigo cuando iba vestido de ciprés, con su Kant y su angustia vital a cuestas, no tomaba nunca contacto con Baco. Total, que chato va, chato viene, invito yo, pagas tú, y esas cosas, mientras Segura, el dependiente, iba anotando en el mostrador cada convidada con una raya de tizas, hasta que puso la barra como un peine.

Y ahora viene lo gordo, querido señor, porque resulta que las copas lo pusieron calamocano y entonces me di cuenta de que mi amigo el rollo, era un tío la mar de salado, con una gracia soterrada que, hasta que no se puso el traje de primavera y haber llevado a cabo lo que le dije, no le salió a flote. O sea que cuando salimos de «Macario», tomamos la calle de Gómez Marcelo, y en un solar muy feo y muy sucio que hay allí, hicimos un auto de fe con el libro del filósofo alemán y estuvimos bailando alrededor de la hoguera con gritos de piel roja, a riesgo desde luego, de darnos una vueltecita por el «Agujero», que es donde van a apuntar sus nombres en las paredes los gamberritos. Pero hay veces que incluso una gamberrada puede ser una obra de caridad, y este fue el caso de mi amigo, que me contestó que no lo había pasado mejor en su vida.

Y por ahí anda. Con su traje de primavera, como un buzo de mar, alegre y jovial, quince años menos y dispuesto a empezar su juventud, que no tuvo tiempo de disfrutar en su momento. Y hasta lo vi la otra mañana haciendo cola en el bar del Campanero, donde se vendían las entradas para el encuentro Ceuta-Baracaldo. ¡Lo que hace un traje!, las cosas que suceden.

EL CONDÓN DE LA MAIMONA

Yo sé que hablar de todos los bares, tascas, cafetines y cabarets que constituyeron la antigua "barriá" de Hadú con verdadero conocimiento de causa es algo que excede a cuanto puede esperarse de cualquier mortal. Más aún de los personajes que poblaron o que allí tenían su asiento nocturno, su medio de vida. Es como si alguien pretendiera hablarnos de todas y cada una de las mujeres de Alejandría, intentando convencernos de que el conocimiento absoluto de ellas ha sido más o menos bíblico.

Por la barriá hadueña desfilaron algunas generaciones de ceutíes de todas las clases sociales, desde la caída de la tarde hasta el alba, una verdadera fauna nocturna y bullanguera que acudía a la búsqueda del placer y del olvido de una vida dura y encorsetada bajo la dictadura, y hasta la clase de tropa encontraba también su acomodo en variopintos bares y cafetines y «casas de trato», pues para todos los gustos y los bolsillos había; desde un *porvete* por un duro y una dormida por cinco hasta el orgasmo con una botella de champán de estraperlo incluida por cuarenta duros.

Entre aquella fauna rocambolesca andaba el que hilvana estas líneas, entonces barbilampiño, embutido en un traje de «burraquía», con el pelo rebosante de brillantina y con la cartilla de racionamiento como documento acreditativo de mi razón de ser y existir, siempre atento a que la pasma no me echara el guante y los guantazos encima por mi minoría de edad. Yo me aprovechaba de los ostentosos, me arrimaba a ellos como una lapa, y como ya tenían conocimiento por algún conducto de mi razón de escribidor –llevaba siempre el primer artículo que me publicaron con mi nombre y mis apellidos– hasta presumían con mi juntera.

Recuerdo cuando los jóvenes nos poníamos en la balaustrada del Morro todos los jueves por la tarde, para ver bajar y subir a las «fulanas» que se trasladaban en una fila de taxis a pasar la obligada revisión médica al centro sanitario de San Amaro y nos tiraban besos con las manos. Luego, se hacía imposible no dar una vuelta al anochecer por la barriada de Hadú para dársela de hombres. Verdaderamente no hacíamos nada. Sólo nos dedicábamos a tocar los turgentes pechos de las mujeres, que a la segunda vez nos aconsejaban: «Iros para casa, niños, que está por ahí la policía».

Yo y mis amigos habíamos tenido ya la primera experiencia sexual con la Maimona en el túnel de la Almadraba.

La Maimona era coja, aunque compensaba ese pequeño defecto con la exuberancia de otras glándulas, cuya opulencia se manifestaba –como la cojera– en el movimiento. Se dejaba toquetear por una peseta y el magreo total hasta la madriguera por dos. La penetración costaba un duro y era muy caprichosa, pues le gustaba hacerlo cuando el tren que iba o volvía de Tetuán entraba en el túnel como una exhalación y lo ponía tan espeso de humo como un puré de guisantes. Entonces, recostada contra la pared, con la pata coja atrincada bajo su brazo izquierdo y con la otra apretándote el cuello, al compás del rechinar de las ruedas sobre los rieles del tren, ella decía: «Así, así, así...».

Aquella buena mujer inició en el placer a varias generaciones de reclutas, monaguillos, aprendices de oficios varios y estudiantes. Su labor social no ha sido suficiente reconocida y por eso merece este pequeño apartado que le dedico. Quién le iba a decir a la Maimona que su nombre sería algún día recordado en los papeles. Viene esto a cuento porque la Maimona decía «hay que poner condón». Y es que sin preservativo, la Maimona no se entregaba ni a su padre, que era cabrero y se murmuraba que lo hacía con sus cabras. Los preservativos lo comprábamos por dos reales en el puesto de Tocino que se lo traían de Gibraltar.

Mujeres malas, prostitutas, mujeres de falsos amores, maimonas. Recuerdo que con la primera que entré en la barriá hadueña me pasé varias horas leyéndole tebeos de hadas, pues era analfabeta, y a ella se le saltaban las lágrimas con aquellas tonterías. No pude limpiarme aquella tarde.

Se llamaba Esperanza.

LA MUÑEQUITA RESCATADA DEL MAR
(Un cuento de Reyes que no lo es)

En realidad, parece un cuento de Reyes pero no lo es. Es una cosa de esas que suceden. Verán:

Yo tengo un amigo, como verá usted señor, tengo amigos muy raros, que coleccionan objetos de esos que la mar escupe en las playas y en las escolleras.

Unas veces son botones, ¡oh, que colección de botones tan bonita tiene mi amigo!, otra son frascos, otra, peines ¡incluso peines, señor, porque los coleccionistas son así de raros!... Pero, hasta ahora, en su colección no había ningún muñeco.

En el último tramo de los días de Navidad y vísperas del día de Reyes, cuando la mar de levante que se lamía las entrañas y las gaviotas planeaban por la playa vino a parar en la orilla de la barriada de la Almadraba una muñeca; una de esas peponas gordezuelas de plástico, sonrosada, que caen al mar por accidente, como el famoso soldado de plomo de Andersen.

No es corriente, no señor, encontrar en las playas muñecos, y menos por la Navidad, unos días antes del día de Reyes. Si a mano viene, sería más fácil hallar un tesoro, una sirena, una pata de palo de pirata o una botella con un mensaje dentro. Pero ¿muñecas? ¡Ni hablar! Las niñas guardan sus peponas tan celosamente como las ostras sus perlas. Así que si la muñeca de plástico sonrosada fue a parar al Mediterráneo y recaló en la Bahía Sur por algo sería. La cosa es que se la encontró mi amigo.

La muñeca no tenía ni brazos ni piernas, pero sí una sonrisa bobalicona de bebé y una pancita abultada con la punzada del ombligo. En fin que para él, para mi amigo, el hallazgo era muy interesante, porque, al parecer, se trataba de un ejemplar raro y supuestamente casi único en su género. Por eso, cuando recogió la muñequita náufraga echó a andar con ella muy satisfecho, pensando en darle un puesto de honor entre su interesante colección de cachivaches lamidos por el mar y devuelto a tierra por las olas. Pero, he aquí, vea las cosas que suceden en este pícaro y a veces bondadoso mundo, señor. Porque cuando mi amigo se dispuso a abandonar la playa con su preciado tesoro, dióse cuenta de que una niña, una niña de esas hijas de algún pescador que vive por allí, una de esas niñas que parecen arrancadas de un cuadro de Sorolla o de un poema de Rabrindanat Tagore, o de Juan Ramón Jiménez, lo estaba mirando. No a él. Porque mi amigo no tiene monos en la cara, aunque sí es tuerto y el otro lo tiene muy grande, casi centrado y polifémico, si precisamente a la muñequita.

Y lo miraba con sus preciosos ojos grandes, dos ojos que le devoraban toda la cara, y ansiosos, con uno de esos deseos que brillan en la mirada de los niños y que parece que se les sale el corazón por las pupilas.

¿Usted que hubiera hecho, señor en un día de Reyes? ¿Volver la espalda y dejar a la niña con su deseo y continuar su camino con su absurdo egoísmo de coleccionista de objetos raros? No, usted no hubiera hecho eso, ni yo tampoco. Estoy seguro de que hubiéramos hecho lo que hizo mi amigo: depositar amablemente y hasta con una cierta dulzura en brazos de la niña a la muñequita y regresar a casa con las manos vacías, pero con el corazón brincándole en el pecho como una campana.

Luego, cuando mi amigo se asomó al barandal de la carretera camino de su casa y vio debajo de la playa a la niña rodeada de otras amiguitas, jugando con la muñeca rescatada del mar y poniéndole unos *pinhajitos* como vestido, ya no fue solo el corazón el que brincó, sino también se alegró su cara y sonrió abiertamente, cosa ésta de la que ya mi amigo ni siquiera se recordaba de la última vez que lo hizo.

EL HOMBRE QUE PESCÓ UNA GAVIOTA

Resulta que en esta Ceuta insólita, donde ocurren cosas insólitas, un amigo mío se compró los otros días una caña de pescar. Pero no una caña corriente, de esas de fuste fijo, para la pesca de sargo, a base de pijotero y boya, sino un cañazo imponente.

Una caña de importación, construida por los hijos del Sol Naciente, quienes con sus menuditas manos están abarcando el mercado mundial. Una caña de fibra de nylon, de tres o cuatro cuerpos y un magnífico carrete, que haría las delicias de cualquier aficionado a la pesca.

Pero resulta que mi amigo que, ente paréntesis, lo único que había tenido en su vida era un chambel de mala muerte para pescar caboces no se la había visto más gorda en su vida con aquella magnífica caña de pescar. Porque, ya sabe usted, señor, lo que dice el refrán, que «quien no está acostumbrado a bragas, hasta las costuras le hacen llagas». Así, que mi amigo, al encontrarse con aquella estupenda caña entre las manos, hubo de confesar al dependiente de la tienda donde había *acoquinado* sus billetes que no tenía ni la más puta idea de cómo se manejaba aquella herramienta.

Porque lanzar una caña como a la que me estoy refiriendo es una cosa bastante más seria de lo que parece. Y por menos de nada le arrea uno un plomazo al vecino o se lleva uno a sí mismo su propia oreja, o cuando menos el sombrero prendido en el anzuelo.

El buen dependiente, hombre al parecer de carácter amable, como se deduce del argumento de este cuento– que no lo es, sino que es otra de esas cosas insólitas que ocurren en nuestra ciudad–, creyó lo más oportuno enseñar a mi amigo el manejo de su nueva maquinita sobre la marcha. De forma que dejó al chaval encargado un momento del establecimiento y bajó con su cliente al relleno de la Marina, pues los talegos que había cobrado justamente por la caña de marras no merecían menos. Y allí, in situ, en uno de los pantalanes de los terrenos ganados al mar, comenzaron las lecciones de lanzado.

Y coja usted así, y coja usted acá, y hay que fijarse en esto, y debe tener en cuenta lo otro, lo cierto es que a los pocos minutos se había formado en torno a nuestros protagonistas, e incluso en la baranda de la popular avenida o paseo, lo que podría denominarse una auténtica manifestación popular. Porque ya se sabe lo que ocurre a veces en esta Ceuta insólita, que te paras y te pones a mirar para arriba y al poco tiempo tienes un montón de curiosos a tu alrededor. Pero mi amigo, erre que erre, prescindiendo de respetos humanos, lanza que te lanza y proyecta que te proyecta la plomada. Así hasta que cliente y comprador estuvieron absolutamente convencidos de que mi amigo ya sabía manejar la caña de pescar en cuestión.

Pues señor, érase una tarde de otoño. Una tarde en la que la mar era gigantesca esmeralda y el cielo como una inmensa turquesa.

Y en esa tarde había nubes blancas por el cielo, donde un sol tímido derramaba empeines de luz. Pero por sierra Bullones las nubes presagiaban lluvias aborregadas sobre las crestas montañosas. Quizás porque aquello era presagio de una tormenta, las gaviotas lo anunciaban volando sobre el pellejo de las suaves olas, planeando en las corvas de la brisa.

Pues señor, érase también un hombre que había pasado unos días asomado a los llorosos y tristes cristales de su ventana espiando el tiempo, para en cuanto se abriera el cielo, se fuera el levante y el sol pusiera su impronta de luces en la mar, echarse a la calle con una estupenda caña de pescar, que había adquirido y no había tenido ocasión de estrenar aún.

Así que aquella tarde, cuando nuestro pescador de caña oteó el cielo y vio lucir el sol y que la mar había recogido sus pliegues, cogió su caña y tomó tranquilamente el camino de la escollera del muelle de Poniente.

Llevaba un zurrón con aparejos de repuestos y sardinas en salmuera de carnada, así como masa de pan para anguado. Y cuando llegó a las rocas que defienden el puerto, montó su magnífica caña de cuatro cuerpos, preparó el sedal, encarnó el anzuelo y volteó el hilo, que describió una parábola zumbadora hacia el mar.

Había un pez rondando por el fondo de aquellas aguas. Un sargo soldado, para ser exacto, con camiseta a rayas y señalado por el destino para ir a parar a manos de nuestro pescador de caña. Incluso estaban dispuestas en la casa de nuestro.protagonista, la sartén y el aceite, donde el sargo había de ser pasado por las armas. Todo, como digo, estaba dispuesto y calculado por el Destino.

Porque, señor, ¿quién iba a pensar que al Destino se le ocurriera de repente dar un soberbio muletazo y llevarse al toro de la suerte a otra parte? Y, sin embargo, eso fue lo que ocurrió, ya que el anzuelo con su cebo no llegó a caer al mar; porque una de esas pavanas hambrientas que planeaban en alas del vientecillo vio el reflejo de escamas de la sardina que servía de carnada, herida por el sol en su vuelo y se lanzó hacia ella con el pico abierto, relamiéndose. Y la atrapó.

Y así, señor, nuestro pescador de caña, en lugar de izar el sargo soldado con camiseta a rayas, «pescó», una enorme y blanca gaviota.

Cosa esta insólita que puedo testificar. Porque el pescador de caña de esta historia soy yo.

EMIGRANTES

VAN

Primero me miraron los dientes como a un burro o a un esclavo, y luego pasé a reconocimiento de los peritos y médicos alemanes que me trastearon el cuerpo por todas partes.

En la expedición aquella salíamos otra pléyade de hermosos jóvenes dignos de la huestes de Homero, rebosantes de fuerza y alegría, como potros salvajes y con los ojos limpios como arcángeles. Jóvenes deseosos de levantar a la Patria en peso, pero que habíamos de partir forzosamente.

Cuando volvía a la casa la noche anterior a la marcha, mi madre estaba zurciéndome la muda de invierno y mi hermana arreglaba la maleta, mientras mi abuela me planchaba la ropa. A veces me había enfadado con ellas por nada y les había gritado dando un portazo al salir: ¡Tengo unas ganas de irme al extranjero!. Pero aquella noche me dieron más lástima que nunca.

Yo no tengo padre. Lo mataron cuando el rollo de la Cruzada. Era campesino. Mi madre decía que se engloriaba sacándole patadas a la tierra. Y que al suceder aquello él no llevaba ningún fusil ni ninguna bandera sobre el hombro, sino que iba por su caminito, con unas ristras de ajos y de cebollas a cuesta, hacia el mercado. Al terminar la guerra, mi madre, mi abuela, un hermano de mi madre que era barbero, mi hermana y yo, con unos meses, nos fuimos a vivir a otra ciudad. Pasamos días difíciles. Mi tío, que afeitaba y cortaba el pelo a los pescadores en los soportales de la Lonja del muelle, nos ayudó bastante. Bebía mucho aguardiente de matarratas, pero como era muy chirigotero y no se metía con nadie, todo el mundo quería ponerse en sus manos, finas y pulcramente cuidadas, con largos dedos de artista. Aunque tenía un ojo vacío y cuando saltaba Levante sufría de fuertes dolores de cabeza, por los trozos de metralla que tenía en ella. Murió alcoholizado y siempre que veo a un borracho me conduelo.

En la ciudad donde fuimos a vivir estaba la mar casi por todas partes y una piedra que arrojara uno caía casi siempre al mar. Las calles olían al atardecer a peces recién nacidos y, cuando bajaba la marea, como una sandía recién abierta. Llevábamos allí algunos años. Y sin embargo mi madre no se acostumbraba nunca y siempre estaba mentando al campo y recordándose de la huerta. Decía pensativa: *«Ahora es el tiempo de sembrar el trigo»* o *«esta agua que cae le vendrá bien a las coles». Decía también mientras partía un melón: «Una vez tu padre crió un melón en la huerta tan hermoso que daba gloria y no lo quiso vender por todos los dineros del mundo. A los pocos días, te parí a ti y entonces él se lo regaló a la comadrona».*

Pero a mí lo que me gustaba era la mar. Vivíamos en una barraca de la playa de la Almadraba y desde que tenía uso de razón estaba acostumbrado a dormirme escuchando el respirar de la marea. Aunque algunas veces la mar se ponía chunga y nos soltaba sus perros y serpientes. Entonces se nos colaba por las puertas y habíamos de cargar con los cachivaches y refugiarnos arriba, en la parroquia. Las mujeres daban lastimeros plañidos y algunas se mecían los cabellos, pero los pequeños nos alegrábamos, porque mientras duraba el vendaval nos visitaban las Hijas de María y otras importantes señoras de la ciudad y nos regalaban botes de leche, pan blanco y golosinas. Además, nos dedicábamos a descalabrar a las gaviotas mojadas del invierno que andaban chaladas por las playas. Luego, cuando el mal tiempo caía y la mar volvía a su sitio que talmente parecía que no había roto un plato en su vida, retornábamos a ocupar nuestras chabolas y las Hijas de María no se volvían a ocupar de nosotros hasta el siguiente vendaval.

Cuando mi madre me ponía a espurgar lentejas, mientras la lluvia se suicidaba por los tejados de chapa, me daba a mí por preguntarle: Madre, las lentejas, ¿cómo salen? Y ella, me lo explicaba. Pues yo creía que las lentejas, los garbanzos y otros productos de la tierra, salían de la fábrica, como los fideos. Esas eran, pues, las únicas nociones que yo iba teniendo sobre el campo.

Mi madre se había hecho un pequeño huertecito en la parte trasera de la barraca y en él criaba cebolletas, hierbabuena, claveles, tomateras y geranios. Pero yo me resistía a acarrear agua del grifo comunitario para regarlo. Un día de primavera, cuando más bonito, el huertecito murió al atardecer, pues dijo el guardia municipal que había que quitarlo o hacía un atestado. Y también volaron el pequeño gallinero y la conejera.

Cuento todas estas cosas, porque, aun cuando me crié junto al litoral nunca puede llegar a ser marino de la mar grande. Como aquellos extranjeros que arribaban a la ciudad, oliendo a lavanda y tabaco rubio, con los bolsillos llenos de dólares y armando la bronca en los cabarets. De aquellos que los chicos les indicábamos las casas de las putas para ayudar así a nuestras familias.

Esto será, digo yo, porque aparte de tener las manos y la frente y las mismas hechuras de mi padre, cuando volvía del campo según mi madre, hay en mí algo que me inclina y me hace amar a la tierra.

Un día decidí retornar a la casa donde nací, llegué con los pies llenos de ampollas a la huerta que había trabajado mi padre. Lo curioso fue que nadie me indicó el camino. La vieja y abandonada noria estaba donde mi madre decía. La que estaba seca era la higuera a la sombra de la cual mi madre lavaba las ropas. Pero los eucaliptus del camino a la casa se habían desarrollado enormemente. El cobertizo de las vacas y el asno, se habían desmoronado. Y la tierra abandonada estaba a reventar de cardos y malvas. Pero aún conservaba sobre su piel las huellas de los bancales y los surcos, el pasado de una mano amable y generosa sobre ella. Sin saber por qué –quizás porque el sol me había pegado fuerte durante la larga caminata y me encontraba tan cansado– me tiré a tierra y me puse a llorar abrazado a ella. Un letrero que se alzaba en un montículo señalaba: «*Próxima construcción del Hotel Ambos Mares*».

Digo también estas cosas porque trabajando aquí, en Alemania, me sucedió que un día comenzó a llover y yo estaba en la puerta de la fábrica y sonó la sirena para volver al trabajo. Y yo seguía mirando a la lluvia. Y cualquiera que me hubiera visto se habría creído que yo nunca había visto llover, de tan cuajado como me encontraba. Yo miraba a la lluvia y al campo que lo tenía enfrente, muy bien cuidado, pues la fábrica se encontraba muy alejada de la población y el campo se extendía en torno a la misma. Y el agua rebotaba en la tierra como una sinfonía. Y entonces, así de pronto, me pregunté qué hacía yo allí. Qué coño se me había perdido a mí en Alemania, cuando lo que a mí me hubiera gustado era el estar debajo de un almendro o de un olivo, con un pie descansando en la azada, liando un cigarrillo, de la petaca de mi padre que aún conservaba como una orgullosa herencia, mirando al campo empaparse de agua hasta los huesos, con un perro ladrándole a los truenos, que también retumbaban por los cielos de Alemania.

Y algo parecido les ocurría a mis compañeros de trabajo. Que a veces, allí, junto a la inagotable cadena de montaje, apretando meses y meses los mismos tornillos, se quedaban a veces como encantados y tenía que llegar el capataz a arrearlos. Y éramos como niños perdidos o como hombres no hallados en aquella inmensa y gris y fría fábrica extranjera. Y la nostalgia del retorno nos tensaba entonces con saña el cordón umbilical.

LA GAVIOTA QUE FUE LA REINA DEL EMBARCADERO

Se da el caso, señor, que yo conocí una gaviota –una de esas gaviotas que se tiran planeando y dando graznidos durante todo el día al ras del mar– tan grande, bonita y esbelta que no tuve más remedio que enamorarme de ella. Porque cuando iba planeando, con sus alas desplegadas en las corvas de la brisa, con aquel plumaje tan blanco, blanquísimo y con aquel aire de magnificencia, daba gloria verla y cualquiera se hubiera maravillado de ella, igual que yo. ¿Y cuando subía hacia el azul y se dejaba ir luego en tumba abierta hacia el mar y tras hincar con su largo pico y tañer con sus alas el pellejo del agua se alzaba airosa con la boga debatiéndose en su boca, o con los despojos de algún safio? ¿y cuando graznaba? Psss, psss, psss.

Pero un día la gaviota decidió hacerse dueña y señora del embarcadero de la parte de la Ribera, lugar donde tienen su imperio las gaviotas de Ceuta, porque los desperdicios de los puestos de pescado del mercado son arrojados a esta parte de la bahía sur de la población.

No sé cómo pudo suceder aquello. Quizás en una mañana en que la mar estaba que parecía que no había roto un plato en su vida, se vería su silueta en el espejo del agua. Puede ser que la gaviota pensara que era la más bonita y más fuerte de todas las gaviotas del lugar. La cosa es que se hizo la dueña y señora del embarcadero, donde por supuesto también habitaban gaviotas, no tan extraordinarias, como gaviotas débiles, gaviotas ancianas y gaviotas niñas. Incluso también había alguna que otra gaviota chalada que andaba mojada por la playa descalabrada por las pedradas de algún niño. Pero todas eran felices y se conformaban con lo que buenamente podían atrapar. Sin embargo, la gaviota que se erigió en reina del embarcadero era muy orgullosa. Surcaba los aires sola y efectuaba altos y largos desplazamientos por los cielos. A veces, era lo más frecuente, cuando le veían llegar las demás gaviotas le temían, dándose el caso que le dejaban preferencia para buscar la comida. Y llegaba a suceder también que la gaviota que se atrevía a planear por su mismo corredor y no se apartaba de inmediato, ella la hundía en el mar de un tremendo coletazo.

Yo llevaba estudiando a esta gaviota durante mucho tiempo, pues, de vez en cuando me apoyaba en la balconada que daba sobre el mar de sus domingos y la observaba. Al principio de enamorarme de ella me cayó en gracia aquello que hizo otra gaviota –una gaviota que daba pena verla– llevaba en su boca un trozo de desperdicio cuando apareció ella y se le quitó de un tirón, con su pico, golpeándola encima con sus fuertes alas y arrojándola al mar. Con aquel gesto me arrancó una sonrisa, pues ya he dicho que al principio me daba gusto verla y la quería. Pero después, al cabo de los días, le vi hacer esas cosas extrañas, impropias en un ser que había sido bendecido con todos aquellos dones físicos que le había dotado la naturaleza y que estoy seguro que de haberlo puesto al servicio de la comunidad le hubieran elegido como una verdadera reina todas las gaviotas del entorno.

Pero como he dicho, abusaba de su magnificencia y de su fuerza contra las gaviotas débiles y estoy seguro de que no existía otra más orgullosa que ella en todo el litoral ceutí. De forma que le fui perdiendo cariño. Y a veces llegué a odiarla, hasta el extremo de que cuando anunciaba su presencia con aquellos graznidos que al principio me admiraron tanto deseé tener una escopeta de perdigones y haberle soltado una perdigonada.

Hasta que una mañana –vean las cosa que suceden, señor–, se arrimó tanto al embarcadero que uno de los desocupados que estaban allí hablando, de barcos de altura y de dólares, le soltó tal golpe con un palo que la gaviota fue a dar con su cuerpo lastimosamente herido en el mar.

Y, a pesar de todo, no me hubiera gustado que ustedes hubieran presenciado el espectáculo que siguió después. Pues, cuando las demás gaviotas la vieron herida y se percataron que tenía las alas rotas, se lanzaron contra ella, acribillándola a picotazos.

Y allí la dejé, al fin y al cabo pobrecita gaviota que fue la reina del embarcadero. Esperando morirse triste y sola, flotando en la marea de un mar que con la llegada de la primavera tenía un cantar como de alegres lavanderas. Con su orgullo vencido.

TABERNA DE PESCADORES

En realidad la taberna no se llama así. Ese es el apodo, pero por su nombre, aunque lo tiene rotulado en la fachada, sobre la puerta, no lo conoce nadie, ni yo mismo, que lo he leído infinidad de veces. Sólo sé que le dicen a esta taberna de pescadores de la ciudad el «Revalón». Así, como suena, deslizando la uve por el labio inferior.

La taberna esta a que me refiero abre sus puertas cuando se agacha la madrugada, y a ella acuden los pescadores con el alba en los hombros a echarse al coleto el primer roción de aguardiente.

Es pequeña y sucia. Pero de una suciedad honrosa, quiero decir que se puede comparar a la de los golfos con vergüenza. Tiene un mostrador en rotonda y una estantería rebosante de botellas de aguardiente y coñac de una marca desconocida, sin estampillas pegadas sobre el vidrio, de ese del suelto que cuando se lo arroja uno al coleto, le abrasa las entrañas y encima pide más; un gato soñoliento que se pasea por entre los vasos de los parroquianos y que le gusta que le pasen los pescadores sus manos por el lomo; un grifo que lagrimea continuamente en una pila recubierta de una vieja chapa de zinc y que cualquier día lo quita el dueño, porque ya está hasta los ojos de ponerle zapatillas y la gotita le crispa los nervios; un barman que despacha a los parroquianos, sobre todo a los primeros que entran y parece que van a derramar el contenido del vaso antes de llevárselo a los labios, con una mirada misericordiosa una clienta que se asoma a la puerta preguntando cada vez que pasa por allí: ¿Está por aquí mi niño? Y le contesta alguien: «no, hoy tampoco ha venido; anda, entra y tómate un vasito». Y la mujer entra y mientras se toma lo que hay dentro del vasito de un tirón, murmura: «¿dónde estará este niño?» y el niño hace más de catorce años que se ahogó; una barrica de aceitunas pequeñas, que cada vez que las ponen de aperitivo crea una polémica entre las gentes del mar sobre el campo andaluz y los americanos; algún pescador con la cabeza entre las manos alimentando sabe Dios qué cosa, quizás una esperanza; un almanaque con un torero que no llegó; los números de la Cruz Roja y del Cupón de los Ciegos, puestos con tiza sobre un cristal donde eluden mirarse los pescadores… En fin, un montón de cosas como estas, hay en la taberna del Revalón.

Está en el casco viejo de la población a una ojeada del muelle de pescadores y con decirles que al lunes siguiente de la «juerga» los empleados de Banca, los de comercio, los oficinistas, terminamos en el «Revalón» está dicho todo sobre la taberna esta de pescadores.

Pues bien. Cuando el amanecer llega por detrás del monte Hacho, cuando el sol levanta cabeza y sus rayos rojos se van deslizando por la mar «chachi», como si fuera una de esas chinas aplastadas que arroja uno y va rebotando por el pellejo del agua, es cuando más pescadores acuden al Revalón. Momentos antes los pesqueros han montado la Almina con una bandada de pavanas revoloteando sobre ellos, picando como «Stukas» sobre las cajas rebosantes de pescado para atrapar alguna pieza rebrillante y planear después con ella en el gaznate, chillando con un grito atiplado, que el bocado, no digerido, de pescado, veía.

Así que, como la taberna de los pescadores está ahí, ellos, los pescadores, acuden con la alegría de la faena terminada, comentando las incidencias de la pesca mientras esperan las participaciones entre buchadas de machaco peleón que avinagra la voz y el gesto. Y como la taberna de los pescadores está ahí, yo, acudo de vez en vez a ella, tengo el proyecto de contarles a ustedes muchas cosas de las que allí suceden todos los días, y de los tipos y las gentes que se pasan las horas muertas en su minúsculo recinto comentando las cosas del mar. Espéreme lector. Ellos, los pescadores, merecen esta atención.

PEDRO EL DE LAS LANGOSTAS

Cuando Pedro arribó con su barca azul y sus langostas a Ceuta, era la víspera de la festividad de la Virgen del Carmen. Era mediodía y las playas vibraban como un himno. Se podría decir que el día te miraba cara a cara y el sol aparecía como un padre cariñoso. Y la mar estaba pura y santa, como recién creada, sin escuderos ni lacayos.

Pedro atracó muy despacio su pequeña embarcación al muelle de comercio, donde los pescadores se afanaban en prepararlo todo para el día siguiente en que sacarían a la Virgen a darle un paseíto por el mar. Dicen que fue el paso de la Virgen del Carmen por este mundo como un eterno mayo lleno de rosas blancas. Dicen que allá en el Cielo está la mar también y que la Virgen vive en una cabaña que hay en una ensenada, desde donde ve partir y llegar a los marineros, entre una visión de velas y de constelaciones.

Cuando Pedro mordió bien su barca al muelle, lo primero que hizo al poner los pies en tierra fue meterse en el bar de los pescadores y pedir una fresca cerveza y saborearla a pequeños buchitos a la vez que juntaba los labios y se paladeaba con la blanca espuma de vez en cuando. Nunca he visto a nadie beberse una cerveza tan bien y ser ésta tan agradecida.

Lo que más me llamó la atención de la barca de Pedro fueron las nasas. Hacía tiempo que no veía uno por estos pagos una embarcación dedicada a la pesca de la langosta. La langosta viene a ser algo así como el faisán del mar. Si usted se atraca de langosta lo único que puede coger es una indigestión en su cartera. Dicen que comerse una buena langosta, bien preparada y regada con una buena botella de aterciopelado y fresco vino es una de las mejores cosas que le puede suceder a uno en este mundo. También dicen que hay billetes de a mil pesetas y que se ha llegado a la Luna, vaya usted a saber. Pero cuando el río suena…

La cosa es que Pedro estaba muy a gusto con su cerveza y no era plan de romperle el encantamiento. Había saludado a los conocidos que se encontraban dentro del local y estos, que seguramente también estaban deseosos de hablar con Pedro, le habían respetado aquel momento. Además, cuando un hombre vuelve de la mar hay que esperar a que se franquee él solo; pues lo mismo puede suceder que le suelte un taco a uno o que le eche el brazo por encima. Solo cuando Pedro apuró su cerveza y abandonó la barra y se dirigió a ellos, estos se levantaron de sus asientos, le ofrecieron un sitio y se pusieron a charlar gratamente. Entonces ya fue coser y cantar. Al final acompañé a Pedro a su embarcación y me invitó a compartir con él y sus dos compañeros un arroz a la banda y una abundante piriñaca.

Pedro Sala Contreras podrá tener cincuenta o dos mil años, cualquiera sabe. En estas gentes del mar los años no se les adivina por la expresión del rostro. Tengo amigos de mi misma edad que han crecido en el mar y a pesar de su juventud parecen viejos. Lo que sucede es que al llegar a cierta edad, seguramente en el ecuador de la vida, se acartonan o se acorchan y son como esos pequeños naranjos del Revellín, tan enjutos y aparentemente débiles por fuera, pero capaces de dar frutos y aguantar a pie firme los más duros embates y demás zarandajas del mundo. Quizás por los ojos se podría sacar algo en claro.

Pedro tiene los ojos como los de un justo. Si acaso con un blando cansancio, pero tranquilos, limpios y serenos. Diríamos unos ojos que han visto tantas cosas que ya están a vuelta de todo. Pero no son recelosos ni calculadores. Los ojos de su acompañante, también mayor, son como esas bolitas que dicen llevaban antes las botellas de gaseosa. Y parecen decirle a uno: después de todo hasta me siento agradecido. Los del más joven son azulinos y con un limpio celaje y parecen cargados de ilusiones como estrellas desmayadas. Pero en la mirada de los tres anida esa cierta indulgencia que da el mar a los que conviven con él. Cuando les digo que voy a tirarles unas fotos se ponen como chiquillos.

El barquito de Pedro es una marrajera que él mismo ha convertido en langostero. Posee dentro de su pequeña y delicada panza un estanque donde las langostas y bogavantes aguantan con vida el tiempo necesario para llegar a puerto o esperar unos días hasta que la cotización sea conveniente. A lo tonto a lo tonto —no quiero echármelo en el sombrero— se encuentra uno rebañando la palangana donde estaba la piriñaca. Y ya está liado con un pote de café, después de haber sido siempre de los adelantados en meter el tenedor en el arroz. Me cuentan que llevan nueve langostas y cuatro bogavantes, que si se pone alguien a tirón lo dejan aquí: pero que lo más probable es que lo vendan en la Península. Que ellos se comen mejor un voraz asado que una buena langosta. Que ya que han tocado aquí van a pasar la festividad de su Patrona en tierra. Que son de Almería y que por aquí recalan de tarde en tarde, sólo de paso. Que cada día está más difícil el oficio ya que hay mucho "mataero". Que una vez estando en Estepona se le antojó a un príncipe árabe de la tierra del petróleo comer langostas y que en toda la Costa del Sol no había; que sólo la tenían ellos en su pequeño vivero; que llegó el *maitre* del hotel y ellos se hacían los tontos hasta que lograron sacarle sesenta mil pesetas por cuatro langostas, Benditas sean sus almas. Pero eso sí, cuatro langostas como cuatro soles.

Y a todo esto la tarde que llega envuelta en una faja dorada y va cayendo sobre los montes y el mar, algo así como una bruma de incienso. El muelle de los pescadores y los barcos anclados en él, aparecen limpios y engalanados. Es la víspera de la Virgen del Carmen y la festividad no es un día como otro cualquiera. Se me iba a olvidar decirles que la barca de Pedro se llama «Padre Nuestro».

Y es una tarde ya total y definitiva. Pero una tarde como hecha para pararse un rato y ponerse a entonar el Ángelus.

LOS ÚLTIMOS HERREROS

Hay sonidos que se van perdiendo en algunos pueblos en algunas ciudades del mundo de España. Sin ir más lejos, por ejemplo, tenemos aquí, en algún rincón de la memoria de Ceuta, el sonido del viento por entre los cañaverales de las huertas que existían en los aledaños e incluso dentro de la población y que fueron arrebatadas por el frío bosque de hormigón, de hierro y de asfalto, por donde el hombre pasea su caudal de miedo.

Teníamos también aquí el sonido del pito del tren, de aquellos viejos y encantadores trenes que hacían el recorrido de Ceuta a Tetuán, con su carga humana y pintoresca que a veces cuando iba muy cargado al llegar a la curva del Rincón (poblado del Medik) algo pendiente, avisaba dando fuertes pitadas, para que algunos viajeros desalojaran el tren y tomarlo unos metros más allá, so pena de quedarse allí todo el mundo atrancado.

Existía también en Ceuta el sonido de la vaca del Hacho, que se ponía a mugir en cuanto la niebla, que es el coco del marino, ponía la mar como un puré de guisantes que avisaba a los navegantes del peligro y les anunciaba que no estaban solos.

Por eso nos quedamos extrañados los otros días al pasar junto a la puerta del vestuario del estadio de fútbol Alfonso Murube, en una revuelta de la calle Buenavista, cuando nos topamos con el sonido del yunque, con una herrería, y con toda una reata de burros y mulos en la puerta guardando turno. Y nos decidimos a entrar y entablar conversación con el herrero.

Buenos días ¿se puede?

Está usted en su casa.

El herrero, un hombre de unos sesenta y cinco años, con la huella en su rostro de haber pasado la viruela, con unos ojos pequeños pero que parecían ver más allá de las cosas, le hizo una señal al que estaba manejando el hierro con un enorme martillo sobre el yunque, un hombre macizo y bajito como remachado, y un profundo silencio se hizo en el barracón.

Verá usted, buen hombre, es que no podía uno figurarse que aún quedasen herrerías en esta ciudad, que este oficio, como muchos otros que están desapareciendo en las modernas ciudades, había dejado de existir aquí también.

Pues ya ve usted que no.

¿Y lleva muchos años en ello?

Más de treinta.

¿Y de oficio?

Desde que tenía los nueve años, en que me vine con mi padre de Málaga, que era igualmente de este oficio. Pero antes de trasladarnos a este lugar nos tiramos otros treinta años en el Llano de las Damas, justamente donde hoy está el instituto.

Y dígame, ¿hay muchos burros en Ceuta?

Sí, todavía quedan algunas bestias, por suerte para mí, claro, pero la mayoría provienen de las kabilas marroquíes. Y la caballería de los militares tiene sus propios herreros, ya saben, chicos de la quinta, que las herran en el propio cuartel.

¿Usted cree en eso de que hay herraduras con suerte?

Pues sí, las de cinco claveras.

¿De qué viene esa costumbre?

De muy antiguo. Pero hay que encontrarlas, no como muchos, que vienen a que se las haga expresamente.

¿Cuánto cuesta en la actualidad herrar un animal?

Cincuenta duros.

¿Y antes?

¿Antes? Yo me recuerdo hasta por dos reales.

¿Cuándo tiene usted más trabajo?

En el invierno, porque se cultivan las tierras y los animales y las herramientas han de estar a punto.

A todo esto hay que reseñar que nuestro protagonista se llama José Heredia García y el nombre de su ayudante que es su hijo, Sebastián. El señor José cuenta setenta y cinco años y su hijo, cuarenta y dos.

Por lo visto usted piensa continuar la tradición de su padre.

¡Y qué remedio me queda!

¿Está usted casado?

¡Que va! Ya sabe lo que dice el refrán: hombre casado, burro estropeado.

Pues nada, a continuar con la tarea, no vaya ser que por nuestra culpa se distraigan en su labor y calcen a algún animal malamente.

Y allí dejamos a los herreros laborando con su oficio milenario, junto al fuego, al lado de la chimeante fragua, batiendo el hierro como el cuadro de Velázquez. Y es que en realidad en este duro oficio nada ha cambiado. Sigue inmutable, es una escena continuamente renovada, que en la era espacial sigue con sus propias esencias. Mientras nos alejábamos el sonido del yunque se iba apagando en nuestros oídos.

Sí, hay sonidos que se van perdiendo. Ya no se ve a nadie silbando una balada por las calles, viendo venir la tarde.

Y mientras caminamos pensaba uno en algunos amigos fraguadores del alma, los modernos herreros del olvido.

EL ABUELO

Como hoy es la festividad de la Virgen del Carmen, este escrito mío se lo voy a dedicar a todos aquellos que andan por ahí como si tal cosa. Pero, sobre todo, a mis buenos amigos Juan y Antonio Serrano, que hacen posible también que nuestro DIARIO DE CEUTA exista cada día, y que es como el pan, que nunca enfada. Pero antes de escribir el rollo de hoy, voy a contar otra cosa, esto para aquel o aquella (*tortopios y pleguilunias*) que sean capaz de decirme de la boca de quién ha salido, y estaría incluso dispuesto a darle un premio. Es algo así:

El escritor en España, y por más que se esfuerce, es un fenómeno al margen y algo tan solo bueno para servir de cabeza de turco sobre la que descargará la santa ira de las más confusas motivaciones. En los distintos países y en las más diversas culturas hay animales sagrados a los que se debe rendir culto y veneración, pero también hay animales malditos, a los que se suele perseguir sañudamente, a palos sin darle paz ni cuartel. Por ejemplo, el animal sagrado en Inglaterra es el perro, el de la India, la vaca, el de Francia, el escritor, el de España, el cura (ahora un tanto en decadencia), etc. Por el camino inverso, el animal maldito de Alemania, es el judío, el de Holanda, el católico, el de los Estados Unidos, el negro, el de España, el que sabe leer y escribir y además lee y, lo que es peor, escribe. Al escritor, en España, se le supone hereje zurrable. y combustible mientras no demuestre lo contrario y, a veces, aunque lo demuestre. Leer es un mal vicio, que llena la cabeza de viento y puebla de fantasmas amargos la imaginación –recuérdese lo que le pasó al caballero Don Quijote por olvidarlo–, y un hombre que se estime, un hombre digno y como Dios manda, no tiene por qué pasarse las horas muertas hojeando páginas y fatigándose la vista como si fuera un fraile o un tullido.

Pasado esto –que aún podía completarlo con algunas cosas más–, como por ejemplo, decir que la ocupación del hombre, o sea, las ocupaciones del hombre, espejo de caballeros son hacer la guerra, soplarse doncellas, prestar a usura, batirse a espada, erigir templos y socorrer viudas aún aparentes y con el rijo maduro y a flor de piel. Todo lo demás son menesteres propios de gentes sin consideración, de escalera abajo.

Esto lo he puesto para que vean. Con lo dicho: un premio le voy a dar a todos los enterados que se meten en este asunto de la escribanía. ¿Cuántas veces voy a decir que tengo la facultad de tirar al aire un puñado de palabras y caen todas en su sitio? ¿Y cuántos hay por ahí escarbándose la mollera y no les pasa lo mismo, animal?

Por ejemplo, ahora voy a escribir sobre el día de hoy. Un cuento. Empieza así.

Cuando el abuelo arribó con su barca azul al puerto era la festividad de la Virgen del Carmen. Fue casi al mediodía y las playas vibraban como un himno. Se podría decir que el día te miraba cara a cara y el sol aparecía como un padre cariñoso. Estaba todo tan quieto que el mundo semejaba haberse olvidado de dar vueltas. Las gaviotas no podían remontar el vuelo y las águilas convivían entre los hombres. Y la mar estaba pura y santa, como recién creada, sin escuderos ni lacayos, y tenía como un cantar en su vientre de alegres lavanderas.

Casi en la misma bocana, con el flojo Poniente que había entrado, y que había empujado la pequeña embarcación por el Estrecho, inflando la vela latina como si del embarazo de una princesa se tratara, cayó totalmente. Entonces el abuelo la arrió y recogió, montó dos largos remos como palas de panaderos y bogando lentamente, con un rítmico compás y un tenue chapoteo de palomas, atracó al muelle de pescadores, a la sombra que proyectaba la visera de la Lonja.

Una vez que el abuelo hubo mordido bien su tartana al muelle, lo primero que hizo al poner sus pies en tierra fue dirigirse al Hogar del Pescador, pedir una fresca cerveza de tres cuartos y saborearla a pequeños buchitos, Como no usaba vaso, sino que la bebía directamente de la botella, al darle las tragantadas y colocar luego el envase sobre el mostrador, dejaba el vidrio por dentro como un bloque de diamantes.

El edificio donde tenía su asiento el Hogar del Pescador era un caserón como esos de papel duro que recortan los niños, mientras guardan cama con unas décimas de fiebre, cuando las lluvias chorrean en los cristales y las gaviotas chaladas del invierno se pasean mojadas por las playas.

Tenía un pórtico de grandes pilares y una balconada proyectada sobre el mar. En la planta baja estaba el bar, con techos altos como un templo, voladores de mármol desgastados por los golpes de nudillos de los pescadores que se jugaban su ocio al tute perrero, y una amplia barra donde los dependientes trabajaban con mañas o aires de montañeses. En la parte superior del edificio tenía sus oficinas y sala de juntas la Cofradía de Pescadores. Aquel día, por ser la festividad de la Virgen del Carmen, Martín Martín Carmona, como presidente del Cabildo de la misma, había repartido un donativo entre los trabajadores del mar. De modo que todo el mundo estaba contento y se dedicaba a charlar y a beber alegremente entre combas de sonrisas, mientras otros se afanaban en engalanar las barcas y prepararlas para por la tarde, para sacar a la Virgen y darle un paseo por la bahía.

Nuestro hombre –al que vengo en referirme– podría tener entre sesenta y noventa años. A la mayoría de los pescadores del Estrecho la edad no se le puede sacar por su fisonomía. Así, el abuelo, parecía más bien como uno de aquellos pequeños naranjos, plantados dentro de sus minúsculos arriates y puestos en fila en ambas aceras de la Calle Real y en la Avenida de Regulares, justamente donde está el periódico en que escribo, tan enjutos y aparentemente débiles por fuera, pero capaces de aguantar a pie firme los más duros embates y demás zarandajas del tiempo, para luego estallar en su debido momento en pequeñas esferas de oro, o esparcir sus blancas flores de azahar como una de nuestras muchachitas caballas (me estoy poniendo romántico).

Cuando el abuelo estaba terminando su cerveza se volvió de pronto hacia la puerta, pues sabía que alguien le estaba observando. Y, entonces, vio al niño, plantado allí en el umbral, con un ramalazo de sol sobre su frente, mirándole con una descarada insistencia.

El abuelo pensó que aquel niño le recordaba a alguien, como todos los niños de la tierra. No obstante le volvió la espalda y se dispuso a terminar el contenido de la cerveza.

– Abuelo…

El niño se le había acercado y le tiraba de la camisa. El abuelo suspiró, cerró los ojos y se pasó una mano por la nuca mientras se volvía. Ciertamente había llegado el momento.

– ¿Qué quieres, muchacho…?

El niño lo miró durante unos instantes, pero no tímidamente, sino hasta con cierta dureza. Parecía como si aquel niño tuviese ya mirada de hombre a vuelta de todo.

– Me gustaría irme contigo.

– Muchacho – frenó el viejo en su mente las palabras, quizás porque se le habían agolpado tantas y en tantos idiomas a la vez que estaba buscando las más sencillas para la criatura.

– ¿Qué ocurre, hijo mío? – preguntó al fin.

El niño no se lo pensó siquiera en responder.

– Mi madre no me quiere, siempre está diciéndome que soy un problema para ella. Trabaja de noche en un cabaret y siempre está fuera de casa o la veo con un hombre que la dice que le ama, pero que le da muchas palizas. Me deja al cuidado de una vieja que huele a aguardiente y a orines. Y yo me escapo. Me estoy escapando siempre, me estoy escapando, desde chico.

El abuelo reflexionó un poco. Pero, aunque no tenía la palabra exacta, parecía como si hubiera conocido al niño de antes de nacer.

– ¿Y qué haces cuando te escapas…?

– Me voy a los acantilados y me pongo a ver las gaviotas. Otras veo como la mar golpea como un tambor contra las rocas, pero lo que más me gusta es ver cómo las gaviotas van planeando en las alas de los vientos…

– ¿Y por qué las gaviotas…?

– Las gaviotas son libres y vuelan muy alto y ven desde allá arriba a todos los que estamos aquí como cucarachas. Como siempre estoy amarrado con una correa a la pata de la cama, menos cuando me escapo como ahora, me dan envidia…

– ¿Por qué te atan la pata de la cama, es que acaso eres demasiado travieso…?

– ¡Que va! Mi madre y la vieja siempre están diciendo que soy un llorón, pero lo que yo hago es gritar para que me dejen en paz.

– ¿Y sabes gritar muy fuerte?

El niño paseó recelosamente su mirada por todo el local. Con la animación de la fiesta y la bebida corriendo, todo el mundo hablaba a la vez. Y cuanta más atención se ponía en las conversaciones, más parecía que zumbaban y retumbaban los abejorros. De pronto, el niño estiró el cuello, se colocó las manos en forma de bocina y abriéndose de piernas hinchó el pecho de aire y soltó a través de las tensas venas de su pequeño cuello:

– ¡¡Viva la Virgen del Carmen!!

Entonces se hizo el silencio en el local. Algunos pensaron que alguno se le había anticipado al primer *vitore* en honor de la patrona del mar, otros que el ambiente aún no estaba lo suficientemente caldeado.

– ¡¡Vivaaa!! – corearon un montón de gargantas, y se sonreían con la salida del muchacho.

Luego, volvieron los abejorros al local.

– Me agradan las personas que sepan gritar fuerte –dijo el abuelo–. Un hombre que sepa gritar con razón es capaz de decirle a la tormenta cállate y la tormenta se calla, de decirle a la mar échate y la mar se tumba por muy arbolada que esté, lo mismo que si fuera una perra. Incluso clamar al cielo hasta que le responda el mismo Dios en persona.

Luego añadió el abuelo:

– ¿Y los ruidos? ¿Te agradan los ruidos? (Parecía que había cogido al muchacho desprevenido).

– Y no estoy tan al tanto como las personas mayores, pues me llevan ventaja –titubeó un poco, pero a un guiño del viejo prosiguió–: también me gustan mucho los ruidos.

– ¿Qué clase de ruidos...?

– Me gusta el ruido de cuando va bajando o subiendo la marea, de cuando el viento sopla por entre los cañaverales, el ruido que mete el afilador cuando lo va pregonando por las calles, el ruido del tren cuando pasa por la vía, y hasta el ruido de cuando dos nubes chocan, y luego, el relámpago, no me da miedo...Lo que no me gusta es el ruido de cuando chocan dos coches.

– Bien, muchacho, bien...

– Pero lo que más me gustaría es irme contigo en tu barca, abuelo; si no me voy contigo ahora, abuelo, me convertiré en un hombre malo y luego será peor, pues no me podré ir nunca.

Esto, al abuelo, no le pilló de sorpresa. Se sentía orgulloso de escuchárselo al niño, pedírselo de esa forma. Sin ningún deje de tristeza ni de rencor. Como si le hubieran comunicado ya al niño en lo más íntimo de su ser la noticia oculta, alentadora y gozosa de la existencia de lo perfecto.

– Vendrás conmigo, muchacho, claro que sí, estarás entre nosotros...

– Entonces el abuelo, tomó al niño entre sus brazos y, sin romperla ni mancharla, traspasaron las amplias cristaleras, justo al tiempo de fundirse ambos entre los mejores rayos de sol del mediodía. Y, mientras sucedía aquello, el abuelo le iba diciendo al niño:

– Primero iremos a las islas de Barlovento si ese es tu deseo. Y luego a Marte, a Júpiter, a Saturno, a Venus. Después te mostraré las constelaciones y las galaxias… Y luego, si deseas bajar alguna vez, lo harás cuando te apetezca. Aunque algunas veces te encontrarás tan desdichado como yo. Pero, no importa, sabemos que esto está aún por terminar.

BENITO BORJA,
UN VIEJO CABALLERO LEGINARIO,
VEINTICINCO AÑOS DE CABO CORNETA

A Benito Borja, lo único que le falta tatuarse ya, es el cielo de la boca, porque hasta dentro de los labios tiene tatuajes. Este popular personaje ceutí y antiguo legionario se dejó caer ayer por nuestro diario, con un ejemplar en la mano y preguntando:

– Oigan, ¿cuánto hay que *coquinar* para salir en el periódico?

– ¿En qué sentido lo pregunta usted? –le inquiere uno, que fue a quien se lo pasaron.

– ¡Hombre!, pues en el buen sentido de la palabra, paisano. Yo, por ejemplo, también me considero digno de que se me haga un reportaje o una interviú de esas que hacen ustedes...

– ¿Y tiene usted cosas interesantes, noticiables que contar? – le espeté.

– Que contar muchas y muy variadas. Pero de enseñar tengo un montón...

Y diciendo esto va el hombre, se nos despoja de la camisa y la camiseta y mostrándonos su torso, la espalda, los brazos, las piernas... (¡Pare, pare, por favor!) nos pone al descubierto su anatomía humana, donde hay grabados tantos tatuajes y leyendas sobre su epidermis que apenas queda espacio para pinchar algunos más.

Como lo creemos interesante llamamos a nuestra gentil Olga Vázquez. Y, póngase usted así, ahora de esta otra forma... Mientras el clic de la máquina fotográfica, manejada hábilmente por Olga, va cumpliendo su cometido.

– ¿Usted ha sido marino? – le preguntamos.

– Nada de eso, paisano, yo he sido caballero legionario, y a mucha honra. Oiga, que conste que servidor no tiene nada en contra de la Marina, ni de cualquier otro Cuerpo de nuestras Fuerzas Armadas, pero, para mí, donde se pone La Legíón no se pone ningún otro cuerpo ¡Azúcar !

Y al decir esto se pone tieso como una pala de panadero y se golpea el pecho fuertemente con la palma de la mano derecha.

- ¿En qué bandera de La Legión sirvió usted?

- Yo fui voluntario, legionario puro, y entré a los 15 años en este glorioso cuerpo. Estuve durante 25 años en la IV Bandera II Tercio de La Legión y fui el cornetín de órdenes más dabute que ha pasado por allí, sin despreciar a otros muchos compañeros que también cumplían muy bien su cometido.

– Está usted retirado, por tanto.

– Un caballero legionario nunca está retirado de su bandera, lo que sí estoy es jubilado. Pero si mi bandera me volviera a llamar, tomaría mi cornetín y me pondría diligentemente a las órdenes de mis superiores y de mi Patria. ¡Azuquiqui!

– ¿Está usted casado?

– No, señor.

– ¿Tiene hijos?

– Un momento: estoy casado con mi bandera, con La Legión, ¡Azuquiqui para los calvos, tío!

– ¿Y a qué viene eso de tantos tatuajes en su cuerpo?

– Esto me viene porque como nunca me gusta llevar papeles ni fotografías en los bolsillos, decidí pintármelos en este cuerpo serrano que Dios me ha dado.

Verdaderamente, sobre todo, en sus brazos, sus piernas y hasta el dorso de las manos es una verdadera sopa de letras. En su piel se puede leer desde un tierno «Amor de madre, nunca te olvido», hasta «Mierda para los barberos».

– ¿Y no le ha ocurrido nunca que los peluqueros, al disponerse a rasurarle el cuello y lean ese letrerito que usted lleva en el mismo se lo corten de un tajo?

– Nunca, al revés, a todos le cae en gracia. Son buenas gentes los peluqueros y yo nunca he tenido nada contra ellos. Me son muy simpáticos, pero voy poco a las peluquerías, casi de año en año. Si los barberos tuvieran que comer con mi aportación estarían a base de pan migao con agua. Paso de peluquerías, tío. Como paso de todo. Por pasar paso hasta de mí, paisano.

– ¿Es usted de Ceuta?

– Caballa de siete generaciones, como los romanos auténticos.

– ¿Y qué desearía decirle a sus paisanos antes de poner punto final a esta entrevista?

– Pues eso: que aquí en Benito Borja, o «el cabo loco» como me llaman mis amigos, tienen a un verdadero colega, pero de fetén, de los chachis, de los guay. Ahora, que te voy a decir una cosa, paisano: sabe más el loco en su casa que el cuerdo en la ajena ¡Azúcar!

A todo esto he de añadir que mientras sosteníamos esta conversación con Benito Borja, nuestro colaborador Juan Felipe Massop Requena, iba tomando en su cuaderno de dibujo los apuntes de este simpático personaje local para ilustrar la entrevista.

– Bueno paisanos, os dejo, porque tengo que irme a papear. Muchas gracias y ¡Viva La Legión! ¡Viva España!

Sobre el vientre de Benito –que tampoco se ha escapado del consiguiente tatuaje– puede leerse: «Depósito de víveres»... ¡Este Benito! ¡Azúcar!...¡Ya se me pegó!...

UNA FURTIVA LÁGRIMA

Adrián Álvarez Sánchez

Hoy, uno de los principales personajes de esta sección es una cometa. Pero no una cometa de esas que describen su órbita de siglos alrededor del sol arrastrando una larga cabellera centelleante, sino una humilde cometa de papel, con su rabo cuajado de colores, como la trenza de una muchachita.

Una cometa en fin, que se cernía orgullosa en el azul de la mañana brincando a los tirones del hilo que sujetaba un niño, allá en los altos de la barriada Príncipe Felipe.

El niño miraba su cometa y para él no había otra cosa más interesante en el mundo. Doscientos metros de hilo le separaban de ella, pero la sentía unida a su mano y palpitándole entre los dedos como un pájaro. Una pequeña historia de esas cosas minúsculas que suceden todos los días, y que, sin embargo, encierra una ternura y poesía que le hace sentirse a uno más humano.

Y uno, convertido en niño entonces, al igual que otros pequeños espectadores que presenciaba la escena, miraba al protagonista de la cometa. Y me sonreía para mis adentros, porque era una bonita estampa aquella, muy amable y encantadora. Y me alegraba de que la cometa volase bien y de que el niño, que de seguro la había fabricado amorosamente el día de los Reyes, se sintiera contento y orgulloso de ella. Y de que los pájaros y las aves que surcaban el cielo planeando en las corvas del viento pudieran sentirse algo avergonzados y extraños de que un objeto de papel y de caña pudiera remontarse a la misma altura que ellos. Y de que la cola de la cometa ondulase como un perrillo juguetón que estuviese moviendo el rabo.

Pero, de pronto —vea usted señor, como ocurren las cosas— el hilo se rompió. Que se rompió le digo, señor. Y la cometa siguió volando sola; pero suelta, a su aire, hasta que planeando fue a caer al mar, donde dejó de ser una cometa, para convertirse en un sucio y mojado papel de periódico que se hundió lentamente en el agua.

Entonces el niño recogió el hilo, lo ovilló en el carrete, metió este en un bolsillo, se sentó sobre una piedra y se puso a mirar al mar, con su pequeña cabeza de rizos negros entre las manos y con una tristeza infinita en sus ojos.

Pequeñas tragedias que suceden, señor, y que me hizo guardar una furtiva lágrima.

Porque uno, en sus momentos de mayor cordura, como cualquier ser que se preste a serlo, es tan sentimental como una chacha, que escucha en la radio el capítulo 145 del folletín de turno y que ante la injusticia del señorito protagonista del mismo, que tras engañar a la hija de un obrero luego no quiere reconocer su pecado «¡el muy sinvergüenza y canalla!», suelta todo un diluvio por sus ojos.

Pero, aunque sin llegar a tanto, no tengo más remedio que reconocer que soy un sensiblero.

Por ejemplo, reconozco que como patriota soy una nulidad, pero ¡cuidado conmigo cuando la banda toca el Himno Nacional! Entonces me sueno las narices, con la esperanza de que nadie se dé cuenta de lo que me pasa.

Lo mismo que cuando algunas veces, al caer la tarde, en mi deambular por la ciudad, me pilla en la Plaza de África la arriada de la bandera en la Comandancia y suena el toque de oración, si, reconozco que soy un chalado sensiblero. Pero, ¿qué cree usted, señor, que se puede hacer ante un caso patológico como el mío?

CARLOS BARRAL

Conocí a Carlos Barral en la cafetería Pelayo, de Madrid. Me lo presentó el entonces escritor todavía casi inédito Juan García Hortelano, quien había publicado una novela corta, profunda, pero que así pasó desapercibida, «Nuevas amistades», y no digamos de la crítica de entonces, anclada y con sobrante incienso para los escritores del antiguo régimen. A aquella tertulia asistían varios artistas, escritores y poetas de vanguardia, entre ellos el sevillano Alfonso Grosso y Mario Vargas Llosa. Yo había conocido a Juan García Hortelano cuando fui a su casa a limpiarle –en el buen sentido de la palabra– su máquina de escribir, que era el oficio en que yo trabajaba en Madrid, antes de entrar en el diario «Pueblo» bajo la batuta de Emilio Romero.

De inmediato que entré en su estudio me dije: «este tío es escritor y le voy a endiñar un cuento para que lo lea». Se lo dije y quedé citado en su piso de la calle Princesa para el día siguiente por la tarde. Le llevé dos cuentos de temas marineros y mientras los leía, se paraba y mirándome me decía: «Esto está muy bien, joven. Te voy a presentar a un amigo mío que le gusta la mar y además es editor». Así fue como entré en contacto con Carlos Barral, quien a través de su editorial fomentó la difusión de la literatura social, el Nouveau Román francés y la novela latinoamericana, descubriendo nuevos valores, aún a costa de perder dinero en las primeras ediciones.

También, en aquellas tertulias del sótano de la cafetería Pelayo, asistía de vez en cuando el artista Tapies, con quien me fui a Barcelona y pasé unos días inolvidables en su estudio de la calle Juan Sebastián Bach.

A Carlos Barral le encantaba la mar. De hecho, él poseía un refugio del siglo XVII al que llamaba la «botiga del mar», donde tenía su mundo y componía sus galanuras literarias, entre sus obras de entonces «Las aguas retiradas», «Metropolitan» y «Diecinueve figuras de mi historia civil». Carlos Barral era un intelectual hasta los tuétanos de los huesos. Aquel refugio marinero, en Calafell, Tarragona, su padre lo compró cuando él todavía era un niño y el escritor y editor lo convirtió, como no podía ser de otra manera, en un refugio de lobo de mar, pasando allí más tiempo que en sus pisos de Barcelona y Madrid. Para Barral, aquel antiguo almacén de barcas era «mi paisaje natural, mi mundo», a pesar de que las horribles construcciones, ya también típicas, que en los años del desarrollismo poblaron las costas españolas, hasta rodear por todas partes ese refugio de Carlos llamado por críticos y amigos «casita de hadas».

A ese mundo de Carlos Barral –al que muy pocos tenían acceso– tuve la suerte de entrar yo.

La «botiga de mar» conservaba un sabor antiguo de sal y algas y olía a marea baja. Carlos la tenía llena de motivaciones relacionadas con el mar; miniaturas de goletas y bergantines, de reproducciones de palangreros, de arpones, sextantes y cuadernales, de arreos de pesca, de caracoles e incluso de fauces de tiburón. Carlos me dijo al mostrarme aquel refugio «si te gusta puedes venirte aquí este verano y terminar tu novela» …y al sur la «Almadraba».

Algunas páginas de esta novela –que yo había comenzado en una vieja pensión de la Cava Baja de Madrid– habían sido leídas por Juan García hortelano y Mario Vargas Llosa en aquella tertulia de la cafetería Pelayo. Vargas Llosa había publicado ya en la editorial de Carlos Barral «La ciudad y los perros» y se perfilaba en ella como lo que hoy es: un extraordinario escritor, sonando ya su nombre para el premio Nobel y ahora futuro presidente del Perú.

Carlos Barral había nacido ya rico, pero la mayor riqueza de este catalán fue su gran corazón, cerrado a cal y canto a todo aquello que no fuera la justicia social y abierto de par en par a la comprensión y los problemas humanos. Además de habernos dejado su legado intelectual y de humanista en obras como «Informe sobre el alba», «Usuras y figuraciones», título bajo el cual recopiló en 1979 toda su obra poética, nos ha dejado dos libros interesantísimos de memorias: «Años de penitencia» y «Años sin excusa», que mereció el premio Ciudad de Barcelona.

Carlos Barral ha sido para mí un hombre impacto, de esos que te dejan profundas y conmovedoras huellas. Dominaba la lengua castellana como pocos y sus palabras no estaban huecas, sino llenas de carne y hueso. Su testimonio y carácter auto bibliográfico, además de mostrársenos a sí mismo, es parte importante de una historia de España cercana y decisiva en el tiempo. En 1982 publicó su primer libro en catalán, «Cataluña desde el mar». Aquel mismo año el pueblo lo demandó para que fuera senador por el PSOE y aunque él no quería figurar en el mundo de la política, no tuvo más remedio que hacerle caso al pueblo.

Sí, el destino, los cruces de caminos y las paradas de un hombre pueden hacer que sus pasos lo hagan conducir hacia unos derroteros y conocer a personas en las que nunca llegó a pensar siquiera.

Para mí, para todos sus amigos, poetas, artistas, escritores o simples pescadores de Calafell, la juntera con Carlos Barral tuvo algo de mágico, pues nos enriquecía a todos. Cada vez que la muerte se lleva a un hombre como Carlos Barral, nos juega una mala pasada y el mundo se queda algo más huérfano.

EL ARTISTA PASTOR

Juan Pérez, señor, es de oficio pastor y pastor de cabras, por más señas. Un pastor a la clásica usanza, porque en su sedentario trabajo las cosas no han cambiado con el transcurso del tiempo, y hoy, en época del átomo, los guardadores de ganado continúan empleando los mismos medios y ofreciendo idéntico aspecto que sus colegas de hace mil años. Por eso, encontrarse con un pastor es, en cierto modo, como volver el tiempo atrás, o más bien, como sentir la impresión de que el tiempo se ha parado a nuestro alrededor, sobre todo si, como me ocurrió a mí las otras tardes, el diálogo con Juan Pérez –zamarra, cigarrillo en la comisura de los labios y mirada como perdida, hecha a la contemplación de laderas y lomas solitarias– tiene lugar en pleno campo, entre el olor agreste al romero y a la amarilla multipresencia de las «vinagrillas», recién acabadas de florecer.

Pero no hubiera traído a Juan a mi sección, pese al interés que siempre presenta la descripción de una vida fuera de lo corriente, si mi amigo –porque después de nuestra charla, acabamos siendo amigos, señor– no tuviera, aparte de su trabajo, una afición nada común, que le emparenta –¿a cuántos de sus compañeros de oficio no les habrá ocurrido otro tanto?– con el arte.

Sucede, en efecto, que Juan Pérez tiene una rara habilidad para tallar bastones, que luego vende, cuando los vende, porque igual se lo regala, por una pequeña miseria. Como le sobra tiempo para todo –doce horas al aire libre, llevando de acá para allá su rebaño, teniendo como única misión la de vigilar a las cabras, mientras ramonean en la carrasca, para que no se desmanden y azuzar contra ellas su fiel perro guardián, en caso de que lo hagan– Juan Pérez se entretiene a punta de navaja, cayado tras cayado –el tradicional cayado pastoril, también invariable a lo largo de los siglos– en una filigrana de dibujos.

Y lo hace casi sin darse cuenta de las privilegiadas manos que posee, sin conceder la más mínima importancia al asunto, por puro entretenimiento, como proceden los auténticos artistas.

Me ha prometido regalarme una de sus obras de arte, y yo a él conservarla como se merece. Porque un cayado tallado tan magistralmente –no se lo haré firmar porque no sabe escribir, pero lo firmaré por él en su presencia, ya que la firma da más valor al trabajo artístico– y no encontraré inconveniente en darle un sitio de honor en mi cuarto de trabajo.

De forma, que, ahí tiene usted, señor, una de esas estupendas cosas que suceden en nuestra ciudad, pues todas no van a ser malas noticias. Que exista entre nosotros ignorado por completo un artista de esa categoría que realiza sus obras –repito: obras maestras– en el más completo anonimato. Y que, además, da la casualidad de que tal artista tenga al propio tiempo un oficio tan bucólico y relativamente inusitado. Aunque, mirándolo bien, no debe extrañarnos, puesto que Miguel Hernández, el universal poeta de Orihuela, también era pastor, de ahí que le llamasen «el pastor poeta». Por eso he empleado un cuarto de hora en explicarle esta anónima historia. Porque creo que merecía la pena hacerlo.

EL CAZADOR DE RATAS

Tengo yo un amigo que, cuando no tiene nada que hacer, en cualquier momento que tiene libre, coge la escopeta de aire comprimido y se me va a cazar ratas.

No se las come, no señor, como en la novela de Delibes, pues gracias a Dios y a su trabajo mi amigo va tirando. Las mata por gusto. Los domingos, por ejemplo, termina de desayunar, toma la escopeta y le dice a su mujer:

– Bueno, niña, me voy a matar ratas por ahí.

Y se va.

Y no tiene que ir muy lejos. Simplemente con cruzar la calle y ponerse en el terraplén donde están los bloques de cinco pisos junto al Hospital Militar, por la parte que da a la vía y más abajo el mar. Allí se coloca con la escopetita entre las piernas, lía un cigarrillo y aún no lo ha encendido cuando ¡pum!, se carga la primera rata. Luego otro cigarrillo, y allá va la perdigonada, otra. Y así, en un momento, en una cacería de un cuarto de hora, se liquida mi amigo un montón de estos animales. Después se marcha asqueado, suelta la escopeta y se va a tomar unos chatos de vino y a comentar el partido del día. Cosas que suceden.

Pero que conste, que mi amigo no es ni mucho ni menos sádico que disfruta con dar muerte a los bichos. Al contrario, mi amigo es una buena persona, incapaz de matar una mosca ¿Que por qué entonces se mata un montón de ratas que son mucho más grandes que las moscas? Pues por la sencilla razón de que piensa que, si no nos preocupamos un poco en aligerar las tribus ratunas –tan proliferas por aquellos lares– día llegará en que no podamos salir a la calle sin pisarle a alguna el rabo.

Sí, querido señor. ¿No se ha asomado usted al lugar indicado arriba, donde los caños esparcen su «aroma» y el aire está surcado por cuantiosos mosquitos? Pues, hágalo, y además de esto verá deslizarse con ese pasito menudo y sordo a algún gigantesco ejemplar de la de la especie. ¡Ay, manos del Flautista de Hamelin, que con sus notas llevaba tras de sí todo un ejército de ratas para tirarlas a la mar! Si el famoso flautista acertara a darse una vueltecita por donde se deja caer mi amigo con su escopeta, sin duda que este cazador no tendría necesidad de hacer ejercicios de puntería por cuenta propia ni ocasión para utilizar su escopeta, ni se preocuparía siquiera de engrasarla. Ni encontraría ningún placer en fumarse cigarrillo tras cigarrillo, mientras los perdigones –¡pum!– hacen blanco en el pelaje gris de estos bichos. Porque es que ya se está dando el caso de que, por la noche, cuando todo está en calma, se atreven a subir hasta las mismas puertas de los pisos para hurgar entre los cubos de basuras que aguardan por la mañana a los mozos de la limpieza; y más de un susto le han dado a pacíficos ciudadanos que por su trabajo han de trasnochar o levantarse antes del alba.

Pero puesto que el flautista no se decide a venir, mi amigo, quieras que no, ha de actuar, el día que le viene en gana, por cuenta propia, de cazador de ratas.

Esto es lo que sucede. Lo único que sucede. Cosas que pasan…

EL CIRCO

Cuando era pequeño, en cuanto me enteraba que iba a llegar un circo a nuestra ciudad, allá que me iba volando para el puerto. Era fantástico el ver desembarcar todos aquellos viejos y renqueantes camiones cargados de extraños bártulos, las multicolores caravanas, los carromatos con las terribles fieras de la fauna africana que nos miraban indolentemente. Y luego observar cómo los hombres, de bronceados torsos y pelos rizados se ponían a trabajar, a aplanar el terreno, a clavar estacas y levantar puntales, tensar maromas y cables de acero. Y, por último, entre el chirriar alegre de las carruchas, como se iba levantando la carpa hacia el cielo, hasta coronar con la banderita aquel mundo de sueños y fantasías. No me gustaba ser un niño molesto ni perezoso para aquella troupe que nos llegaba dispuesta a hacernos pasar unos ratos de felicidad a chicos y mayores. De forma, que, si era verano y el sol pegaba fuerte hasta soltar chispas en las alas de los pájaros, estaba pendiente, para en cuanto el botijo del agua se vaciara en las resecas gargantas de aquellas buenas gentes, marchar raudo y veloz a la fuente más cercana para llenarlo de nuevo. Y si era mal tiempo y los vientos se habían desatado a la deriva por la localidad, entonces me ponía a mirar hacia arriba y decía en voz alta: «Pues yo creo que este viento se va a posar allí donde descansan los vientos y vamos a poder ver la función muy tranquilitos».

Y entonces, los del circo, me decían: «¡Bien, chaval, bien!» Y, claro, entraba al circo gratis.

De todos los circos que han pasado por Ceuta –y han sido muchos– no sé si recordarán ustedes al que hace unos años se quedó arriado en el muelle Dato. No sabemos lo que ocurrió a ciencia cierta, pero sí que sus componentes tiraron cada uno hacia donde pudieron, dejándose abandonado un montón de chatarra y un viejo camello que reflejaba en sus ojos toda la nostalgia del desierto. Los niños le llevaban comida y durante varias semanas el viejo camello supuso un grato espectáculo para la grey infantil.

Me contaron que aquel circo no traía ni payaso siquiera, pues el último se les había muerto de risa. Pero sí traía una pequeña trapecista. Yo me enamoré de ella.

Y si Antonio de Senillosa, cuando tenía seis años se enamoró de una amazona cuya risa era inmensa como un charco lunar atrapado entre dos esquinas y su cabello le nacía de los lados de la cabeza como una panoja de miel, mi trapecista en cambio era triste y tan frágil que parecía que se iba a romper de un momento a otro. Pero, en cambio, cuando se subía en el trapecio se transformaba en la más bella criatura que habían visto mis ojos. Cuando saltaba de un columpio a otro, yo cerraba los párpados para no verla y el corazón me latía apresuradamente, mientras me decía por dentro ¡Dios mío, que le salga bien! Y luego me unía calurosamente a los aplausos de los restantes espectadores. Ella era la máxima atracción de aquel viejo circo, de aquel «espectáculo más grande del mundo». Entonces soñé con escaparme, abandonarlo todo y marcharme con aquel circo, para estar cerca de mi trapecista, de los enanos, de la amazona, del clow…

Pero un día me colé entre los bastidores del circo, mejor dicho, bajo las gradas, que olían a botas de soldados y a orines, y que era el lugar asignado para que los artistas se compusieran antes de salir a la pista. Allí estaban los enanitos, el clow, el alambrista, la amazona… mi trapecista; eran todos casi sexagenarios, y sin los maquillajes, las lentejuelas, y las luces multicolores y de los focos, parecían gentes salidas de una terrible pesadilla. Y también, como en el rostro de la amazona de Senillosa, en el rostro de mi trapecista se había dibujado una topografía de sueños incumplidos, como en el de todos ellos.

Sí, yo también, ¿y a cuántos muchos no le habrá ocurrido lo mismo?, soñé una vez en escaparme con un circo. Pero bien visto, mirando a nuestro alrededor, hay que reconocer que no me hizo ninguna falta.

EL HOMBRE QUE SE TRAGÓ UN RELOJ Y LO PUSO A LOS TRES DÍAS

En esta Ceuta insólita ocurren cosas y suceden hechos tan increíbles que uno los cuenta y a veces el personal lo pone en duda. Como la casa esa de tres plantas que se construyó en la calle de Milán Astray y se olvidaron de colocarle el hueco de la escalera. O como el de aquel hombre que tenía un ojo postizo de madera y cuando se bañaba y no se lo quitaba le tenía que dar con una lija, porque se le hinchaba.

Y es que deambulando por la ciudad se topa uno con cuestiones y con gentes la mar de raras.

Por ejemplo, los otros días conocí a un joven y recomido cenceño. Con veinticinco años bailándole en los ojos y una existencia dedicada a las tareas marineras. Pero también los coderos blancos tienen una nota de color. Y el joven de nuestra historia de hoy, aparte de su esforzado oficio de pescador, tiene su particular afición. Su nombre no importa pues es conocido por antonomasia como «el pescador que se come las cosas raras».

Y tan raras. Ya que el famoso hobby de este muchacho consiste ni más ni menos que en tragarse todo lo que le echen, ya sean trozos de cristales, pedazos de plomo, anzuelos, trozos de red… En fin, todos los objetos que quieran, incluso un pollo y todo.

Nuestro insólito protagonista de esta ciudad insólita se engulle estos objetos raros devolviéndolos después con una honradez verdaderamente intachable, cuando lo ingresado en su saco estomacal no es digerible, por supuesto, porque en este caso, sabe hacer honor a la comida como el que más.

Dicen y cuentan testigos presenciales que una vez se comió nada menos que una olla entera de potaje de garbanzos con acelgas, donde iban las raciones de 14 hombres de a bordo. También se habla de que otro día se zampó doce kilos de jurelitos fritos. Hablan de que otra vez se tragó 186 chumbos y hasta se comenta que en otra ocasión se jaló un tronco del racimo de plátanos, eso sí, cuidadosamente pelado, y dicen, en fin, tantas cosas de este joven tragador que cuando nos lo presentaron lo pusimos en duda. Para acallar estas, el joven tragador nos hizo la siguiente proposición:

— ¿Te apuestas algo a que me como diez barras de pan, tres kilos de chorizo y cinco latas de piña?

Pero uno, mirando por su modesto bolsillo, dio la callada por respuesta ante el tremendo historial que el joven tragador tenía a cuenta.

– ¿Y cómo es que comes tanto?

– Yo, en realidad, no hago estas cosas seriamente, pero cuando se presenta la ocasión y hay una apuesta de por medio…

– ¿Y no temes que algún día te pueda dar un reventón la tripa o sucederte cualquier mal peor con tanto exceso?

– Si tengo un estómago que es como un baúl de nogal…

– ¿De pequeño también comías tanto?

– De siempre. Somos nueve hermanos y yo soy el quinto. Cuando los otros no querían más yo rebañaba sus platos y la olla. Pero lo curioso del caso es que cuando chico tuve raquitismo y me tuvieron que dar caldo de perritos recién nacidos para curármelo. En la Marina, donde tuve la suerte de hacer el servicio militar, me daban ración doble.

– ¿Y qué me dices de los objetos no comestibles que le viertes al almacén de los alimentos?

– Eso es otro cantar. Cuando tenía quince años arribó un circo a Ceuta y yo me coloqué para hacer la limpieza y acarrear el agua. Traía entre sus artistas a un faquir, que era turco, y que hacía un número en el que se tragaba cuchillos, sables y otros metales. Este faquir me enseñó el truco antes de zarpar el circo de aquí, pues me dijo que yo tenía un estómago especial para ello.

– Pero ¿tú te tragas los objetos…?

– Sí, naturalmente. Luego, con una flexión de estómago me sube a la boca de nuevo.

Mantenemos la charla en un típico bar de barriada. Algunos curiosos han captado ondas y están pendientes a que nuestro joven tragador haga una prueba, una demostración de la fama de que está avalado en tragarse objetos raros.

Pero el discípulo del faquir turco dice que nanai, que si no hay apuesta de por medio él no trabaja. Entonces, uno de los curiosos, despojándose de un reloj de pulsera se lo alarga, a la vez que le reta:

–¿Eres capaz de comértelo y luego me lo devuelves? Te daré un talego si lo haces.

Ante la promesa de ganar mil pesetas, el joven tragador lo toma, yendo el reloj a parar en pocos segundos al privilegiado estómago del mozo engullidor.

Y, aquí viene lo gordo, pues sucedió lo imprevisto. Pasaron los minutos y los cuartos de hora, pero por muchas flexiones que hacía, el joven tragador se dio por vencido y acabó tirando la toalla exclamando:

> – ¡Lo siento, pero no puedo devolverlo. No sé qué coño me pasa hoy…!

Y así, el famoso reloj, permaneció en reposo con las vísceras del muchacho durante días. Hasta que, en buena hora puso, lo mismo que las gallinas ponen los huevos… repentimanente después de un cacareo, el referido objeto para satisfacción de su dueño, lo crean ustedes o no, eso a mí me importa un pepino, ¡andando y reluciente!; porque era uno de esos relojes japoneses, impermeables, de cuarzo, antichoque, automático y no sé cuántas cosas más.

¡Hay que ver las cosas que ocurren en Ceuta insólita! De personajes insólitos…

EL HOMBRECILLO GRIS

Le digo, señor, que siempre, todos los días y a todas las horas, están ocurriendo cosas. Y no me canso de repetírsela para que se dé cuenta que si uno habla en esta esquinita del periódico de esto, de lo otro y de lo de más allá es porque, precisamente, esas pequeñas cosas que ocurren –y que no son dignas de figurar en el diario con la solemnidad y pompa y hasta el bombo y caracteres de tipos de las noticias propiamente dichas– merecen, sin embargo, su atención de lector, queridísimo señor. Ya que son esas cosas, estas cositas que suceden y que un servidor comenta con toda la humildad que se le da al caso. Las que sazonan la existencia cotidiana.

Y así se da el caso, señor, de que uno, si toma en consideración esas minúsculas cosas que ocurren a nuestro alrededor –un niño triste porque perdió su cometa, un hombre que iba hablando solo, un pajarillo chamuscado contra la esquina de un edificio por el viento, una gaviota, una macetita de hierbabuena, etc., etc.– ve la vida desde otro ángulo, con su cara alegre o triste, según el caso, pero desde luego, queriéndole dar a entendérsela a usted, querido lector, a la manera que usted mismo las vería, que no es lo mismo que como las vería usted si no estuviera aquí uno para contárselas, y además –y esto le juro yo a usted por mi madre que no es pedantería– como usted desearía que le contaran todas las cosas que suceden en la vida: dándole su humanidad correspondiente, que no es lo mismo que humanizándola, porque las cosas ya están humanizadas y no hay que encontrárselas, sino solamente ponerse en el lado de donde se ve la humanidad de las cosa y no en el contrario. ¿Usted me comprende, querido lector?

Pues sucede, señor, que los otros días, en un rato libre, cogí el chambel y la lata de boquerones en salmuera y me fui a pescar. Y me planté… bueno, si hay «secretos de tocador», «secretos de estados» y hasta «secretos de cocina», no veo la razón para que no existan también «secretos de pescador», por lo cual es muy natural que no confíe a nadie el lugar de mis andanzas pescatorias. De modo que me planté como le digo, «en cierto lugar», donde de cuando en cuando, le doy un tiento a dobladas, sargos y rascacios. Y es raro que no vuelva de allí con alguna pieza en el morral o, si no hay suerte, que sienta al menos la satisfacción de la picada, aunque sea de «morrallilla», que con eso el buen aficionado se conforma.

Pues resulta que el otro día no cobré ni un solo pez, ni aun de la miserable especie de los caboces, sino que ni siquiera sentí un mal tirón en el anzuelo. Y andaba yo pensando cómo podía ser eso. Y venga a darles vueltas al asunto conmigo mismo. Porque, la verdad sea dicha, señor, y sin ánimos de presumir, con un chambel en la mano no me considero, ni mucho menos, entre lo peor del género. Y estaba yo así cuando, de pronto, me da por echar una ojeada y veo a mi lado el clásico mirón. Ese mirón que nunca sabe uno por dónde aparece ni de qué misteriosas profundidades ha salido.

Porque si uno fuese a pescar –si ello pudiera ser, naturalmente– al mismísimo desierto de Gobi, no pasaría un rato sin que andando de puntillas, sigilosamente, surgiera un mirón a espaldas de uno, para verle lanzar el hilo y hablar con él.

Y yo al principio, como pasa siempre, prescindí de la presencia del mirón, que era un hombrecillo de los que llaman grises, sin nada de particular en su aspecto que merezca la pena describir.

Y, aquí, viene lo gordo. Yo me desentendí de su presencia y cuando al rato volví la cabeza el hombrecillo gris había desaparecido. Y es entonces, cosas que suceden, cuando un escalofrío me recorrió la espalda. Porque de repente recordé la historia de San Agustín con el niño que encontró en una playa y que quería meter la mar en un cubo, cucharadita a cucharadita, con una concha... y cuando pregunto al niño que por qué hacía aquello –salvando la distancia ente un santo como San Agustín y un pecador como yo–, el peque le repuso que era más fácil meter el océano en una herrada que comprender el misterio de la Trinidad, que era lo que San Agustín se empeñaba en hacer.

Lleno de confusión, al ver que el hombrecillo gris había desparecido y al acordarme de su cara conmisericordiosa, recogí los arreos de pescar y me fui cabizbajo a mi casa. Porque entonces me había dado cuenta de que aquel hombrecillo gris deseaba, imperiosamente, hablar con alguien y yo, que le he marcado el rollo sobre estas cosas que suceden, me sentí avergonzado. Y por eso he tenido que contarle esto, para descargarme.

Y, a lo mejor, lo que le he contado, señor, solo pasó en mi imaginación. Pero las cosas que ocurren en la imaginación, pregúnteselo a Platón y a Berkeley son cosas que también suceden.

EL VIEJO

El viejo abrió la puerta de su barraca y se asomó al amanecer. Estaba la mar quieta y lechosa. Tras sentarse en el catre y haber roto la tos echándola fuera como una jauría de perros, apuró el trago de aguardiente del suelto que contenía en un desconchado jarrillo de porcelana y comenzó a afeitarse. La cuchilla sonaba al rasurarse como una lija por una madera. Por el pequeño ventanuco del habitáculo, junto al espejito, el viejo veía reflejada un trozo de mar, mansa y en la bajamar, por cuyo horizonte salía el sol desmontándose como un globo rojo. Hace treinta años no estaba así la muy tuna –suspiró–; mírala, parece que no ha roto un plato en su vida.

En ese día, 12 de diciembre, se cumplían treinta y seis años de la catástrofe marinera ocurrida en aguas de Ceuta, que costó la vida a unos pescadores. Durante toda la mañana de aquel día de diciembre de 1948 reinó viento de levante, un constante aumento a medida que pasaban las horas, hasta llegar una borrasca, con velocidad de más de 90 kilómetros por hora y olas de 10 metros de altura. «Los Mellizos» de Tarifa, el «San Carlos» de Algeciras, y el «Lobo Grande», de Ceuta, fueron las tres embarcaciones que naufragaron, arrastrando y desapareciendo con ellas la mayoría de los tripulantes, en Punta Almina, en los bajos de Santa Catalina, frente al cementerio. Antes de que el tiempo empeorase arribaron a puerto el «Asdrubal», el «Africano», el «María López» y «Hermanos Cantón», otras traíñas, como la «Trinidad Piñero» y «Valera» capearon el fuerte temporal frente a la playa de la Ribera, en la Bahía Sur. Pudo haber sido peor –se dijo–, si no llega a ser por la Virgen del Carmen.

Él mismo había sido uno de los náufragos que pudieron salvarse de aquella tragedia. Recordó cómo una enorme ola se echó encima de su barco por la popa, volteándolo y hundiéndolo en pocos minutos entre las agitadas aguas. Todavía no se explicaba el viejo cómo pudo salvarse. Al temporal se le unión una fuerte granizada y cuando la marea le vomitó a la superficie parecía que le estaban apedreando la cabeza. A merced de las olas parecía que cabalgaba sobre una enorme serpiente líquida y viscosa. Cuando se cansaba de bregar con el oleaje se hacía el muerto. Entonces, la acción de la marea, en su retirada, lo reculaba mar adentro y en aquella posición, dejando su cuerpo en mano de los elementos, cerraba los ojos y decía ¡Virgen del Carmen, échame un cabo!

Cada vez que miraba en torno suyo, abatido en aquella mar que se lamia las entrañas, veía desaparecer algún compañero. De pronto, una lancha de salvamento acudió en su ayuda, surgiendo de entre la tempestad como una divinidad, y le tendió un cabo que él sujetó a su cintura. Aquellos hombres, arriesgando sus vidas, lo habían salvado, pero él se juró por dentro que había visto la imagen de la Virgen del Mar, con el Niño en sus brazos y un escapulario flotando entre la bruma. Luego, juró no pisar jamás la mar en lo que le restaba de vida.

Sin embargo, la mar era para él como una extraña mixtura, como un raro brebaje, como una de estas querindonas que no ves más que por los ojos de ella, aunque sea bizca, paticoja y se dedicara a la cría de alacranes. A extramuros de él, la querencia del mar lo llamaba. Trató de trabajar en tierra, pero andaba como los tontos. Por eso volvió a la mar de nuevo.

Cuando terminó de afeitarse su dura barba cenicienta y se inclinó hacia la palangana para enjugarse la cara, le vino la punzada en el pecho otra vez. En cada ocasión le llegaba más honda y a veces sentía la sensación como si le clavasen un cocle.

Días atrás había acudido nuevamente a la consulta y el médico, cuando le mostró sus pies algo inflamados por los tobillos, se le quedó mirando como diciéndole: «¿Y qué quieres que haga yo, viejo? Son ya setenta y cinco años funcionándole eso…». Porque eso era lo que le habían dicho la vez anterior.

Eso, era su corazón. Le recetó de nuevo unos supositorios, algunas cápsulas y las pastillitas pequeñas, las que le recomendó que las llevase en un bolsillo y cuando sintiera lo del cocle se la pusiera debajo de la lengua. Se cercioró si las llevaba en el bolsillo superior de su chaquetilla de un azul perdido y se dijo: por mucho que me lo alargue esto, pronto saldré de esta nave, mi Carmela estará aguardándome en la otra orilla…

Y se lanzó a la calle con la gorrilla verde de pana lamida por el salitre cayéndole sobre las espesas cejas. La despoblada avenida por donde caminaba hacia el casco urbano corría paralela al mar. Vio a dos traíñas que montaban la Almina, de regreso al puerto. Al pasar por el puente San Felipe, un bote lucero navegaba por el Foso. Le gritó desde arriba:

— ¡Ha habido suerte!

— ¡Cincuenta cajas de caballas tu barco, los demás ni calar!

Y el que iba bogando continuó, con un chapoteo de palomas, remando contra corriente, que llegaba alta.

— Ya era hora, —murmuró el viejo—.

Pero no lo decía por él, sino por la gente de a bordo, que no conocían al rey por la moneda desde hacía dos semanas. Con su menguada pensión iba tirando. Y si bajaba al muelle de pescadores y ayudaba a remendar las artes del «Dios te Salve» era más bien para echar el rato y matar el gusanillo. De paso, el patrón lo obsequiaba con un cuartón o media parte cuando calaban pescado. Eso era para el café y las partidas del tute perrero en el Hogar del Pescador. Hoy –iba pensando– después de repasar algunos paños de redes –comprobó que la aguja de hueso de ballena la llevaba en su bolsillo correspondiente–, se acercaría a San Amaro a comprar claveles, como todos los años por esta fecha, y los arrojaría a la mar, en los *isleros* de Santa Catalina, donde ocurrió aquello. Por la tarde se acercaría a la Iglesia de la Virgen del Carmen y visitaría a la Virgen del Mar. Como no sabía rezar, diría lo de siempre, arrodillado ante la imagen; gorrilla en mano: Virgen del Carmen, aquí está Juan de nuevo, que viene a pedirte por mis compañeros muertos en la mar y por todos los marineros del mundo. Tenlos en tu santa gloria y a mí no me olvides. También te ruego por mi compañera.

De pronto dio un respingo. La punzada le había dado otra vez.

–¿Qué te pasa, viejo? – le preguntó uno, que bajaba por la rampa del muelle con un gran cubo de plástico, de seguro para comprar algunos ranchillos de las marrejeras, y que le había visto en su rostro el dolor.

– Nada, Manuel; que me voy a morir, solamente eso.

– ¿Y por qué no vas al médico?

– Él lo sabe mejor que yo.

– ¡Ay si te viera tu Carmela…!

Y se metieron los dos en la Lonja.

Y el viejo se puso a curiosear el pescado recién cogido, que se exponía en las cajas en cada parcela, como cromados de minio, de tan frescos, esperando a los mejores postores de la subasta, mientras los subastadores preparaban sus roncas gargantas con buchitos y gárgaras de machaco en la barra del Hogar del Pescador.

HUÉRFANO

Otra vez la muerte nos ha jugado una mala pasada y se ha llevado a un ser muy querido por cuantos le conocieron y trataron en este pueblo y muy amadísimo por mí: Manuel Alonso Alcalde.

La triste noticia me ha dejado más huérfano de lo que estaba, ya que don Manuel Alonso Alcalde no fue tan solo para mí un verdadero maestro en esto de escribir, sino un padrazo en el que durante sus largos años en Ceuta soportó lo indecible con tal de llevarme por el buen camino.

El trágico suceso me lo ha comunicado Tony, cuando me disponía a acometer en la redacción mi tarea cotidiana, precisamente esta columna. Y me he quedado frío. Al comunicarme tan luctuosa noticia, reflejaba en su rostro la honda amargura y pesar.

Antonio de la Cruz se contaba entre sus muchos amigos. Y no digo mejores porque para Manolo todos sus amigos lo eran.

Pero a mi amistad con Manuel Alonso Alcalde hay que echarle las penas y lamentaciones aparte, porque estoy seguro de que sin la amistad y los consejos de él mi vida valdría mucho menos de lo que vale, sería un inútil total, social, intelectual y humanamente hablando.

Todavía recuerdo cuando me acerqué a la redacción de «El Faro» y le presenté al entonces director Vicente J. Amiguett un escrito. Este lo leyó y se lo pasó a Manolo, que entonces colaboraba con su pluma galana diariamente en el mismo. «Mira esto, Manolo, a ver qué te parece». Manolo llevaba su uniforme militar de capitán jurídico y yo entonces admiraba y seguía sus artículos, sus cuentos y sus poemas, pero no quería saber nada del estamento militar. «Esto está muy bien, hay madera, aunque hay que pulirlo». Él me lo arregló y al día siguiente vi por primera vez un escrito mío y con mi nombre impreso en letras de un periódico. Yo entonces estaba en la mar, embarcado en la traíña, pues había asistido a la escuela unos pocos meses. Manolo se encargó de mi educación y de transmitirme parte de su hondo saber. Me dejaba libros, me regalaba diccionarios, me dedicaba sus obras, incluso tenía la primicia de leerlas antes que nadie. Hizo de mí el hombre que soy ahora, el periodista que soy. Y si no lo soy mejor en los dos aspectos es por culpa mía, pues tuve una abundante fuente para beber toda la sabiduría y humanidad que generosamente Manuel Alonso Alcalde derramó sobre mi insignificante persona. De este poeta, dramaturgo, escritor y hombre bueno que, como lo definió López Anglada, «ese extraño vecino de Castilla" que fue también «hombre de Ceuta y barro de su arcilla». Sí, no solamente hoy, me he quedado huérfano para toda la vida, aunque conserve sus versos de carne y hueso palpitantes, en la cabecera de mi cama.

El mundo se queda también algo más vacío con tu ida, Manolo.

¡Hasta la vista, poeta! ¡Hasta siempre, mi general!

LAS MARILYN DE JULIO RUÍZ

Si mi amigo y artista ceutí Julio Ruiz Núñez decidiera echarse al monte, o sea, tomar los dibujos y cuadros que ha pintado sobre la mítica Marilyn Monroe, y colocarlos a la puerta de cualquier establecimiento de la famosa calle neoyorquina de la Quinta Avenida, me apostaría con cualquiera hasta las pestañas que Julio se metería a la famosa Metrópoli en un bolsillo y le faltarían otros para ingresar los cheques de dólares.

Pero Julio Ruiz, como todo gran artista, es más modesto que él mismo santo de tal nombre, y tan solo consiente a algunos amigos íntimos visitar su estudio para contemplar sus Marilyn, esos dibujos de tan imperdurable imagen cinematográfica, cuyo verdugo fue el mismo Hollywood, aunque la fácil aceptación de este punto de vista ha oscurecido el sentido que pudiera encerrar la vida y muerte de la artista. Hollywood le dio fama, fortuna, adulación, dos maridos célebres y respetados (el popular jugador de béisbol Joe Di Maggio y el dramaturgo Arthur Miller), así como la ayuda, por tardía que fuera, de competentes psiquiatras. De haberle faltado todo esto, es posible –dicen– que Marilyn se hubiese quitado la vida diez años antes.

También hay quien opina que Marilyn creía firmemente que su extraordinaria facultad de proyectar una imagen sexual era su don más valioso. La desesperación que al final cuando se decidió a ingerir una postrera y letal dosis de barbitúricos, tenía tal vez semejanza con la del pintor que descubre que está perdiendo la vista. La adoración que las masas le habían mostrado, y cuya causa principal era la sensualidad ya no podría durar sino unos pocos años más y Marilyn tenía treinta y seis años y el espejo comenzaba a advertírselo.

Julio, en cambio, ya ha remontado los cuarenta años, pero este catedrático de dibujo del Instituto de Ceuta, ha llegado a una madurez y maestría en el dibujo portentosa y pronto podrán comprobarlo cuantos visiten esa exposición colectiva que Julio Ruiz Núñez, Fernando Castillo, Vicente Álvarez y Bianchi, junto a otros artistas ceutíes tendrá lugar en la ansiada primavera entrante, bajo el sugestivo título de CeutArt.

Al igual que muchos artistas, incluso de fama mundial, Julio Ruiz ha escogido la figura imborrable de Marilyn y nos la muestra tal como la misma Marilyn quiso ser y no como su segundo e intelectual marido, escritor y dramaturgo, Arthur Miller, quiso que fuese en «Después de la caída»; morbosamente sensible a cualquier forma de explotación. Pero estoy seguro que Marilyn murió con la idea que más halagaba sus sentidos; el vulgar, el vigoroso silbido masculino, el silbido admirativo del público que la idolatraba.

Que de buen seguro también silbará cuando vea a la Marilyn salida de los dibujos de Julio Ruiz Núñez.

LA PARTIDA DE DOMINÓ

El hombre, ya anciano, aunque todavía con aspecto vigoroso, se acercó a la ventanilla. El empleado, que sellaba mecánicamente unos papeles, le preguntó sin mirarle:

– ¿Qué desea?

– Cobrar mi pensión, si es posible – contestó el anciano.

El empleado levantó la vista hacia el reloj de pared y movió la cabeza negativamente.

– Ha pasado la hora – dijo secamente.

– Sí, ya sé que se me ha hecho tarde, pero tan sólo son unos minutos y bien podrían hacerme ustedes este favor – insistió el pensionista.

El burócrata había dejado de sellar papeles y atendía con la mirada a otro cliente que le mostraba una cartilla de ahorro y dinero en su interior para ingresar, por encima del hombro del jubilado.

– Por favor, ¿quiere dejar libre la ventanilla? – dijo a este.

– Pero…

– Lo siento –le interrumpió–, pero es imposible. Procure volver mañana en las horas marcadas para el pago.

La presente escena no me la contó nadie. La pude presenciar personalmente. Las demás operaciones mercantiles propias del lugar se realizaban normalmente y seguían efectuándose así hasta que un empleado de aquella entidad bancaria cerró la puerta de entrada, dejando dentro a muchos clientes que seguían haciendo sus operaciones y eran atendidos normalmente. ¿Existía alguna justificación o razón técnica para aquella diferencia de trato de aquel empleado con el jubilado o pensionista? ¿Es que por haberse pasado aquel hombre unos minutos de la hora le debían hacer volver otro día? Vuelva usted mañana. ¿Cuándo nos vamos a despojar los españoles de esa cantinela?, que puede estar justificada algunas veces, pero que en la mayoría de las ocasiones usamos porque se ha convertido en moneda de uso común, sobre todo para muchos empleados de entidades públicas o privadas.

Sin ir más lejos, los jubilados y pensionistas del Ayuntamiento de Ceuta se han quedado este año sin cobrar la paga de Navidad por puro trámite burocrático, ya que según algunos que han venido a contárnoslo, «el dinero está aquí, pero no hay tiempo para pagar». ¡Toma ya! ¿Es que los empleados municipales que se dedican a este menester han dejado de percibir su propia paga por falta de tiempo?

El claro testimonio de estos pensionistas y jubilados de nuestro Ayuntamiento es un fiel reflejo de cómo gran parte de la sociedad actual trata a nuestros ancianos, a los mayores, jubilados y pensionistas. A los viejos. Hay un poema de Wu Chung, titulado «Poema de la Rama de Bambú» que dice: «La tradición sitúa al solsticio de invierno / tan importante como el Año Nuevo; / todos intercambiamos felicitaciones / con ropa nueva y sombrero. / Las costumbres de Chekiang Kiangsu son las mejores. / Los jóvenes muestran su respeto a los mayores».

En este poema tradicional de Suchow podemos ver cómo los chinos celebran el solsticio de invierno tanto como el Año Nuevo Chino. En ese día cómo uno estrena ropa y sombrero y se vuelca a la calle para felicitar a sus convecinos y, sobre todo, mostrar respeto por sus mayores.

Mostrar respeto, que es mostrar amor, a nuestros mayores, ¿quién lo hace?

La falta de asistencia y atención en el último tramo de la vida es guinda de una situación que tiene en las clases pasivas sus consecuencias más lacerantes. Y no hablo aquí de caridad, pues si en otros tiempos fueron patrimonio exclusivo de la Iglesia lo que debía ser una auténtica justicia social, actualmente nuestro país ha evolucionado en este aspecto importantísimo de la sociedad y ese imperativo se va imponiendo cada vez más. Humanizar la asistencia y despertar las conciencias de aquellos que desde su puesto de trabajo han de tratar con nuestros viejos es de lo que se trata también. Pues esta degradación asistencial son auténticos mazazos a la conciencia social e indignante para nuestros mayores. Para aquellos que tengan conciencia, claro.

Uno se pregunta una y otra vez –ahora ante el caso reciente de los jubilados y pensionistas municipales que cobrarán la paga de Navidad el día de los Santos Inocentes, seguramente– ante la pasividad y lentitud de algunos entes públicos con estos hombres, cómo pueden afrontar sus vidas cotidianas y dónde está el cargo de conciencia y la responsabilidad de los burócratas que han de agilizar los trámites y que lamentablemente lo hacen a paso de tortuga. Porque, simplemente, eso es cumplir con sus obligaciones y ofrecerles la asistencia debida, porque se las han ganado a pulso estos viejos y no piden nada, solo lo suyo, lo que es justo y les pertenece por derecho propio.

Dias atrás presencié una escena indignante. Cuatro viejos solicitaron en un bar donde hay mesas de juego un dominó para echar una partida. «Todavía es muy temprano para liarse con el dominó», le respondió casi airadamente el dependiente. Y para justificar su fea acción ante los que estábamos allí bebiendo café, pone el baranda cara de santito y dice: «Es que se ponen a jugar con cuatro manzanillas y se tiran toda la mañana». Los demás asintieron con la cabeza, pero como yo no tengo pelos en la lengua le solté: También vale una bolsita de infusión tres pesetas y usted le cobra sesenta por servírsela con un poquito de agua caliente y una cucharadita de azúcar. «¡Oiga que con usted no va nada!», me espetó. «Pues acalle su conciencia con otro» Pagué y me piré. Como ahora.

LOS BURRITOS DEL DESEMBARCADERO

No son burritos peludos y suaves como Platero, sino asnos de duro nervio, de pelambrera recomida y descarnaduras en las ancas cargados de serones y con atalajes miserables. Pero diariamente acuden con sus sacos de pajas pendientes del cuello al desembarcadero.

El desembarcadero, de cara a la Bahía Sur, es un viejo armatoste de hormigón, con un pretil gris, removido por golpetazo incesante del oleaje. Hay en él un poste con una bombilla y una escalinata a las que abordan las barcas con hombres embutidos en chubasqueros amarillos y grises. Un rincón olvidado de la ciudad, cubierto casi siempre de los desperdicios que arroja la marea, junto al cual se lavan los pies algunas criaturas y van en busca de los sargos los pacientes pescadores de caña; y por allí tienen su imperio las pavanas, que acuden como locas a rebuscar entre los desperdicios de las pescaderías.

Pero, fuera de eso, el desembarcadero es un lugar habitualmente desierto y sombrío. Solo los burritos de los serones llegan puntualmente a él todas las mañanas a rumiar su paja y meter sus patas en el agua. El agua gris y fría de la mar de invierno que seguramente les hará sentir cierto alivio en sus cansadas ancas, ya que estos burritos son los que transportan al mercado los productos de la tierra desde lejanos aledaños de la población.

Las gaviotas, a veces, se detienen en sus cuartos traseros, como los picabueyes y entonces estos burritos oscuros, resignados y tristes, sacuden la cola para alejar al pájaro y también a las moscardas congestionadas de violeta. Otras veces algún chaval desarrapado les aguija en los flancos con una caña, y los animales, entonces, retroceden; otras, sus dueños les traban las manos con una soga y en estos casos los pequeños asnos se ven obligados a moverse de un lado para otro con un trotecillo que encoge el corazón.

Pero también la tragedia llega a veces hasta estos mínimos representantes del reino animal.

El otro día con la fuerte levantera, un asnillo de estos resbaló del pretil al mar, y se ahogó. Las olas se lo llevaron para fuera, y después de consumado el hecho, las mismas lo depositaron sobre la arena de la playa del Chorrillo, donde yacía, con el vientre hinchado y el color amarillento, el cadáver siempre triste de uno de estos burritos que vienen a rumiar su soledad sin esperanzas al desembarcadero. Estaba varado en la arena y las moscas se cebaron con él. Hasta que, por fin, con la subida de la marea, y el ponientillo que saltó, se alejó mar adentro, flotando como una boya, hacia el reino de los burritos muertos.

Como ya le digo, señor, son cosas pequeñas y trágicas. Cosas que suceden...

EL LUCERO

Su rostro lo tiene cincelado a golpes de estrellas y lleva en los ojos un montón de gorgolas. Y mientras todos los de a bordo echan una cabezada, él se queda y en las entrañas misma de la noche sólo, en su bote, dentro de la inmensidad del mar y en las entrañas mismas de la noche, a unos cincuenta o sesenta metros del barco. Generalmente debe ser uno con más de veinte años de experiencia en este duro oficio de «lucero».

– ¡Lucero!, ¿hay algo? – Le gritan de vez en cuando alguno sale
a cubierta e estirar las articulaciones.

Y se escucha la voz del lucero, que llega en el lomo de la marea o en el ala de la brisa.

– ¡Todavía no!

A veces recibe la visita de las gaviotas, que acuden a la luz de los focos. Pero estas aves son muy egoístas, quitando naturalmente, a Juan Salvador Gaviota. Si observan que se reúne el pescado alrededor del bote de la luz se quedan acompañándole con sus graznidos. En cambio, si no entran peces se marchan volando y dejan al lucero solo, como pensando: «este lucero no sabe nada, no salta ni una simple boga a su alrededor».

Los hijos de este pescador dicen muy orgullosos:

«Mi padre es lucero».

Y se les llena la boca de luces al decirlo. Y todo el mundo , en todas las barriadas de pescadores por los «chiquillos del lucero».

El lucero mata algunas horas de la noche, siempre a oscuras y sin que haya una gota de luna, pues la pesca de cerco es así, consumiendo cigarrillos tras cigarrillos. Y dándole un tiento con su chambel a los besugos o los sargos.

En ocasiones, los del bote cabecero, que duermen son el cabezal de la red a bordo, amarrado a la popa de la traíña, esperando recibir la orden pronta de arriar, le llevan algún buche de café de pucherete en un jarro de porcelana. Así y todo ¡cuantas estrellas fugaces no habrá visto pasar el lucero!

Durante las frías noches de invierno el bote de la luz se bambolea como un canastillo de juncos al son de la marea y parece que los focos de propano van a estallar. Entonces el lucero aguanta al «pared», con los remos clavados en las inquietas aguas, evitando así que el bote de la luz cambie de posición o sea arrastrado del lugar donde está la marca de los peces, que acuden a la luz de los focos en busca de los alimentos.

Y en las noches de verano, con una sinfonía de silencio a su alrededor, rasgado a intervalos por algún chillido de tonyina, bajo la bóveda infinita tachonada de estrellas, solitario en su bote, el lucero se siente integrado en el Universo, mientras en la ciudad, allá muy al fondo, se le muestra con sus luces de neón como luciérnagas. La ciudad con sus envidias, sus odios y sus junglas de asfalto.

El lucero es el primero que dá los buenos días al alba y el último que recibe la última guiñada de la estrella que más brilla. Venus, que a veces se vé como una arañita colgada allá en los cielos, y es el que grita al patrón:

¡Vamos a calar marineros, arríen las redes que los peces están saltando ya de alegría para que los pesquemos!

O en caso contrario:

¡Recojan el bote cabecero y leven el ancla, otro día será!

¡Oh el mar, con su búsqueda y su equilibrio!

O como dijo Paul Valery en su poema «El cementerio marino»:

«La mer, la mer, toujours recommendée».

«El mar, el mar, resurrecto, perenne».

Sí, el lucero es un hombre, un pescador que, sobre todo, ha sabido domar a la soledad y a la noche.

LOS BUENOS DÍAS DEL PERRO MARUJO

El otro día, mientras *me recordaba* de una puesta de sol con la tarde llena de rosas y gaviotas y extrañaba mis paseos vespertinos con Marujo, pensé en ti, compañero. Y como sé que tú eres de esos a los que no le gusta recibir cartas para coleccionar sellos, comprendí que eras el más indicado para contarte esta pequeña historia, pues otros me tomarían por loco.

Pero no con palabras que te pongan más lejos de su significado, sino con un lenguaje que sea como el pan, que nunca enfada. Pues tú sabes que hay historias llenas de palabras que son como algunas personas, que están huecas y respiran por pura melancolía.

Sin embargo, entre nosotros es diferente, pues nosotros somos los mismos de siempre. Los que hemos regalado los diamantes a los puercos y tratamos de ser la buena persona que no quema la casa con la ira. Los que nos acostamos heridos al fin de una jornada pero nos dormimos felices, pensando en cuando éramos niños y crecíamos en el pellizco de una perla. Los que colocamos espejos en las esquinas para se conozcan mejor las gentes. Los que hemos llegado al tope de la pirámide y decimos que un millón de años hace lo deseable, un instante el tiempo en que se arruga un castillo y una eternidad para construir una catedral. Los que a veces hemos de meter la cabeza en un charco de agua para no desangrarnos por la nuca. Somos, en fin, lo que somos y no hay que darle más vueltas al asunto.

De forma que ahí va la historia.

Es la historia del perro Marujo, del cual te incluyo unos apuntes solicitándote le hagas un retrato para su salto definitivo a la gloria.

Marujo andará ahora por el cielo de los perros, ladrándole a las burbujas de su luna. Pero hasta hace poco lo tenía aquí a mi lado. Todavía está caliente su rincón y la arpillera donde solía tumbarse. No te puedo decir quiénes fueron sus padres, de que casta o raza era, pero estarás de acuerdo conmigo en que Marujo no vino al mundo por generación espontánea, aunque a veces yo lo ponía en duda.

Me lo encontré una noche inflada de viento y lluvia, de truenos y relámpagos en que toda la ciudad era mía, pues no había ni guardia ni ladrones por las calles. Estaba acurrucado en el quicio de un rascacielo en ruinas y aullaba y se quejaba y se dolía como puede hacerlo una criatura abandonada, desesperanzadora, trágicamente. Yo había salido aquella noche con la intención de que me matara un rayo, pues había enviado un poema a un concurso de ruiseñores sin saber que el jurado estaba compuesto por cuervos. De modo que cuando presentía el crujido de una nube, corría y me ponía debajo. Pero las chispas eléctricas iban hacia el mar o sobre las montañas. Después me alegré infinito, pues una escoba de gracia limpió el cielo y se echaron las estrellas a la calle, cogidas de la mano, como niñas. Y luego, al encontrarme a los panaderos con sus talegas de pan calentito sobre sus hombros que me daban los buenos días entre combas de sonrisas, me puse más contento todavía. Así, que cogí al animalito y me lo llevé a casa.

Recuerdo bien cuando mi perro Marujo rompió a hablar. Fue un día en que me encontraba preparando una jornada de caza y me dijo –así de pronto– que ir de caza era un buen ejercicio, sobre todo para los pájaros. Le di la razón y le respondí que, en realidad, si yo me echaba al campo con el alba al hombro, era más bien animado por algo así como una añoranza que me hacía ponerme en contacto con la naturaleza mediante la tapadera de la cacería; pues a mí lo que me agrada era terminar a través de valles y campos, mientras un aire sano y renovado ensanchaba mis pulmones y soltaba el lastre de una sustancia ciudadana.

Como es natural, mi primera conversación con Marujo me causó un poco de impresión. Luego me fui acostumbrando y lo encontré natural. ¿Acaso no suelen decir los demás dueños que el perro se convirtió en el amigo del hombre "mi perro es tan inteligente que solo le falta hablar"? De forma que no encontré extraño que mi noble perro Marujo hablase. Alguna vez tenía que suceder esto, me dije, y yo había sido el afortunado de poseer un perro parlante. Pero aunque Marujo poseía el don de la palabra ignoraba el sentido de la mayoría de ellas. Así que traté de enseñarle el diccionario. Entonces me contestó que los que escriben diccionarios no saben contar historias para niños. Tenía la manía de irse a dormir al balcón, cuando se escuchaba el canto de los grillos, pues decía que quería aprender idiomas.

Le ladraba al dueño de la casa porque se la había metido en la cabeza que era Jack el Destripador. Y murmuraba que la solterona del cuarto izquierda coleccionaba amantes en tarros de cristal con aguardiente y uvas. Me confundía el ayer con el hueco del ascensor y el pasado con el cubo de la basura. Así y todo, cada día nos entendíamos mejor y hacíamos progresos, aunque a veces me desconcertaba. Si era yo el que elegía la conversación, él movía el rabo y se tumbaba a la última vuelta sin hacer ni pizca de caso. Pero como fuese él quien sintiese deseos de dialogar, entonces tenía que dejarlo todo y ponerme a escuchar. Cuando salíamos a pasear husmeaba por todas partes y se ponía a dar saltos como una cabra loca, salía de estampida, se paraba al final de la calle y ladraba par que le siguiera y tuviese tiempo de cansarme y dejarlo en paz con sus cosas.

Sobre aquellos paseos me contaba luego en casa –en la calle le tenía prohibido hablar no fuese a robármelo algún titiritero para algún circo–, que muy pocas cosas le agradaban de aquellos paseos. Una vez me dijo que había visto y olido a gente en estado de descomposición paseando en coche y a esqueletos que aguardaban en las aceras, esperando la luz verde del semáforo para cruzar la calzada. Llegué a pensar que pudiera ser posible que Marujo tuviese rayos X en los ojos, unos ojos llenos de agua y de color pizarra que cuando te miraban fijamente parecía que veían más allá de lo que el mundo ve.

Así podría seguir contándote un montón de cosas acerca de él. Pero ahora te voy a contar cómo me lo mataron.

Una mañana lo mandé al estanco a comprar tabaco para mi pipa. Yo estaba afeitándome y tarareando una canción ante el espejo. Era una ma-ñana de otoño, dorada y azul, con sabor a hojas quemadas, con el solecito derramándose sobre los árboles, que se desangraban en los parques y en las avenidas. Al salir Marujo a la escalera se encontró con la señorita del cuarto izquierda y le dio los buenos días. Entonces, esta, en vez de quedarse perpleja, le dijo a la portera en forma airada:

– ¡Qué barbaridad! ¿Ha visto usted qué poca vergüenza? ¡Un perro que habla!

Inundado por aquella luz y aquella alegría de la mañana, Marujo se había olvidado de mis recomendaciones. Continuó dando los buenos días a todas las personas que se encontraban en su camino. Las gentes se asustaron –muchas cayeron al suelo conmocionadas–, pero algunas decían que después de haber llegado el hombre a Marte y a la aparición masiva de extraños objetos voladores no identificados, todo podía ser posible. Se decía además que seres de otras galaxias convivían entre nosotros y que tomaban forma de humanoides, de perros y hasta de plantas.

Y no sé de quién había aprendido Marujo aquella regla de urbanidad tan en desuso ya –había sido tiempo atrás declarada como culto a la per-sonalidad–, pues se comenta en la ciudad que el único que acostumbraba a dar los buenos días con una amplia sonrisa había sido un antepasado mío. Y si se permitía a los panaderos que la siguiesen usando era porque aún no se había encontrado la píldora sustituta del pan y estos amenazaban con la huelga en cuanto algún nuevo gobierno trataba de ratificar el decreto ley prohibiéndolo totalmente, como en el año 20007 en que se había implantado la prohibición.

La cosa es que Marujo iba dando los buenos días a diestro y siniestro. Hasta que se topó con un señor bajito que barría la calle silenciosamente y que resultó ser de la Univerpol. El hombre soltó la escoba y siguió asustando a Marujo, mientras que por un botón dorado de la hombrera de su mono verde daba el chivatazo a la Central. En el estanco lo cogieron. Cuando me enteré y fui a rescatarlo ya le había dado la cicuta. Me contaron que murió como los héroes. Dando ánimo a los tres mil cuatrocientos compañeros que compartían la enorme celda con él –se llevó a cabo en toda la ciudad una operación anticanina, una verdadera masacre–, y lamiendo la mano de su verdugo, a la vez que con una abierta sonrisa le daba los buenos días.

En cuanto a mí, que nunca renuncié a negar que fui su dueño y su amigo, me pusieron en observación y me pasaron ante el espejo cobáltico. Pero cuando se dieron cuenta de que yo solo sabía ladrar, me colocaron la vacuna antirrábica y me soltaron de nuevo.

LOS NÚMEROS Y SUS SÍMBOLOS EN LA LOTERÍA DE LOS CUPONES

Muchas veces nos hemos quedado extrañados cuando se ha acercado alguien a algún vendedor de lotería y le hemos oído preguntar: ¿Lleva usted «la mudanza»? o ¿lleva usted «la rata»?

Y el vendedor de los cupones le ha respondido: No los que llevo son «la cabra», «el agua» y «el matrimonio».

Y se ha quedado uno como quien escucha hablar en chino.

Pues bien, hasta nuestras manos ha llegado un librito cuyo precio es de cinco céntimos, muy antiguo, en el cual vienen la relación de nombre con que se designan las figuras representativas de los cien números que intervienen en el sorteo «Los Iguales» o «Cupón de Ciegos», y que se componen con las dos cifras de la derecha del único número que sale premiado cada día :

01.- El Galán	23.- El Melón
02.- El Sol	24.- La Galera
03.- El Niño	25.- El Cañón
04.- La Cama	26.- El Pollo
05.- La Puncha	27.- La Pajareta
06.- El Corazón	28.- Alicante
07.- La Luna	29.- Aragón
08.- La Dama	30.- El León
09.- El Arpa	31.- El Caballo
10.- La Rosa	32.- La Bomba
11.- El Clavel	33.- La Torre
12.- La Talega	34.- El Palo
13.- El Verde	35.- El Infierno
14.- Las Cerezas	36.- La Ensalá
15.- La Uva	37.- Espada y Daga
16.- La Guitarra	38.- El Perro
17.- El Navío	39.- El Toro
18.- El Ramo	40.- La Campana
19.- San José	41.- El Negro
20.- España	42.- La Estrella
21.- Francia	43.- La Corona
22.- La Poma	44.- El Clarín

45.- El Tambor
46.- El Sombrero
47.- El Mundo
48.- La Negra
49.- La Bacora
50.- El Cartucho
51.- La Cabra
52.- El Tomate
53.- El Pimiento
54.- La Mala Noche
55.- Los Gallegos
56.- La Lechuga
57.- La zanahoria
58.- Los Limones
59.- El Canario
60.- La abuela
61.- La Pipa
62.- El Piojoso
63.- La Paella
64.- La Casa
65.- La Pelea
66.- Las Monjas
67.- El Fraile
68.- El Rosario
69.- La Mudanza
70.- El Albaricoque
71.- El Maestro de Escuela
72.- El Higo

73.- El Conejo
74.- La Escalera
75.- El Gato
76.- El Agua
77.- Las Banderas
78.- El Escarabajo
79.- El Marrano
80.- La Lavandera
81.- El Matrimonio
82.- El Original
83.- La Dama y el Niño
84.- El Casamiento
85.- La Palmera
86.- La Porquería
87.- El Pescado
88.- Las Mamellas
89.- La Gamba
90.- El Abuelo
91.- El Borracho
92.- El Palomo
93.- La Revolución
94.- La Rata
95.- El Pavo
96.- La Explanada
97.- La Gallina
98.- El Borrego
99.- La Agonía
00.- La Muerte

¿Qué ha soñado usted con un perro?. Pues ya lo sabe, salga a la calle y pregunte a un vendedor de cupones por el perro. O sea, el 38, si no el 138, o el 938, la cosa es llevarlo. Y si no lo atrapa entero, que será lo más probable, recibirá la suerte en los finales. Al tiempo.